依据国家教育部和中央电视台

联合主办的《开学第一课》活动

·············"我的梦，中国梦"主题拓展原创版·············

从未停驻的旅程

中央电视台《开学第一课》编写组 编

时代文艺出版社

图书在版编目（CIP）数据

从未停驻的旅程 ／ 中央电视台《开学第一课》编写组编.—2版.
—长春：时代文艺出版社，2016.1（2023.7重印）
（开学第一课）
ISBN 978-7-5387-4923-6

I. ①从… II. ①中… III. ①中国文学—当代文学—作品综合集 IV. ①I217.1

中国版本图书馆CIP数据核字（2015）第257166号

出 品 人　陈　琛
责任编辑　余嘉莹
装帧设计　孙　利
排版制作　隋淑凤

从未停驻的旅程

中央电视台《开学第一课》编写组 编

出版发行 / 时代文艺出版社
地址 / 长春市福祉大路5788号　龙腾国际大厦A座15层　邮编 / 130118
总编办 / 0431-81629751　发行部 / 0431-81629755
官方微博 / weibo.com / tlapress　天猫旗舰店 / sdwycbsgf.tmall.com
印刷 / 北京市一鑫印务有限公司
开本 / 710mm×1000mm　1 / 16　字数 / 120千字　印张 / 12
版次 / 2016年1月第2版　印次 / 2023年7月第3次印刷　定价 / 36.00元

图书如有印装错误　请寄回印厂调换

《开学第一课》编委会

编委会主任：韩　青　许文广

主　编：许文广

副主编：卢小波

编　委：张雪梅　骆幼伟　张　燕　吴继红

　　　　刘翠玲　柏建华　孙硕夫　高　亮

　　　　夏野虹　钟　平　宋怡明　李鹏修

　　　　邓淑杰　李天卿　曾艳纯　郜玉乐

　　　　孟　婧

《开学第一课》的价值

有人问我，《开学第一课》的价值体现在什么地方？我认为最重要的就是全社会希望并通过我们传递出来的价值观。多元是时代进步的标志，我们尊重不同的声音和价值理念，但是作为教育部和中央电视台联手举办的一项公益活动，我们要传递的是主流的、与时俱进又符合中华文明传统的价值观。

在2008年，我们通过《开学第一课》传递了抗震精神和奥运精神；2009年正值新中国60周年华诞，我们在象征着民族精神的长城，为孩子们播撒下爱的种子；2010年，我们告诉孩子们，一个拥有梦想的民族，一个不断仰望星空的民族，就是拥有未来的民族，人生的每一个阶段都需要梦想的指引、坚持和探索，而每个人的梦想汇集起来就可能成为国家的梦想、民族的梦想。

举办《开学第一课》三年来，我个人也有一个梦想，我梦想这项目光远大、朝气蓬勃的公益活动能够坚持举办十年，让它给这一代孩子的成长提供正面的、积极向上的力量，这就是《开学第一课》的意义所在。

我希望全社会的力量汇集起来，给孩子们一种价值观的教育，中央电视台愿意承担使命，连同教育部把这项公益活动做好。我们也欢迎全社会各界积极参与、支持，从出版、纸媒、网络、志愿行动、慈善事业等各个方面，加入到这个追逐共同梦想、打造恒久价值的公益活动中来。

由此，我亦十分高兴地看到《开学第一课》系列丛书的出版，我相信时代文艺出版社正是基于我们共同的理想，以出版的力量为孩子们的未来创造了更丰富的阅读食粮，为《开学第一课》的精神理念提供了更多样的传递方式。

中央电视台 许文广

目　录

第三部分　从未停驻的旅程

第四部分　截一段青春时光，给老去的我们

第五部分　17岁，我不做你的王语嫣

第六部分　且行且歌

第一部分

梦想的翅膀向西飞

阿岳其实很伟大，伟大得让只知道考试的我们自卑。

阿岳回家了。我旁边的位子现在已经堆满了周围同学的书本。

阿岳的梦想并没有破灭，终有一天，他会自由飞翔，给更多的孩子带去希望。

——水墨游《梦想的翅膀向西飞》

梦想的翅膀向西飞

水墨游

阿岳回来了，什么也没有对我们说，眼底是无尽的寂寞与忧郁。

"阿岳，你说话啊，我知道你去那边了，我一直都很支持你。"我轻轻摇晃他的手臂，眼泪轻易掉了下来。"8月我再来上学，考北大，今天来跟你们道别，祝你们考上理想的大学。"阿岳望着西下的夕阳，终于开了口，语气平缓淡定。

他叫猫王

阿岳个子不高，脸如孩子般清秀稚嫩，远看像猫，他们都叫他猫王。他的头发柔顺得让我嫉妒，走起路来额前几缕头发会上下舞动，很好看，小小的眼睛永远不显呆滞。那是一双寻觅着的眼睛。

阿岳的成绩其实挺好的，只是因为身在重点高中的重点班，太多尖子生你追我赶，一不小心就排到了后面，但是阿岳对此并无兴致，什么物理啊数学啊，早自学过了。很多时候看到阿岳在写科幻小说，字里行间充满了年少的激情。

高二下学期我很幸运地坐到了阿岳旁边，好友都说阿岳不好，经常不听课、不交作业，劝我跟老师提议换个同桌。我说我不看重这些的，也许他有实现自己价值的方式。

跟阿岳同桌一个月以后才知道阿岳的家庭很不幸，妈妈生下他之后便因失血过多而死，爸爸是大公司经理，对阿岳寄予了很高的期望——考北大。连我都很清楚，阿岳是不可能听他的，他手臂上斑驳的伤痕是期中考退步三名的后果。他说他很想有一个在他失败后能安慰他鼓励他的爸爸。

"我总觉得我是一只被关在笼子里的小鸟，没有自由。如果有一天我可以自由飞翔，我一定会往西边飞。"

他真的飞走了

阿岳已经失踪3天了，他爸爸和班主任焦急地满世界找他。

老师问我阿岳的去向，我摇头，我知道他一定去了西部当志愿者，但是我不会告诉他们，让他飞吧。

高三的第三次月考就要来临，在匆忙的复习、考试、评卷中不知不觉过去了10天，旁边的座位仍是空荡荡的，有些许尘埃，直到迎新班会他也没有回来。

飞翔的痕迹

阿岳临走时给我看了一本笔记，记录着他飞翔的痕迹。

扉页

我终于可以自由飞翔了，我飞到这个美丽的地方，开始了我的梦想之旅，也许不久以后我会再次失去自由，可这次，至少我已经飞过了。

2010年11月23日

我们6个志同道合的网友一起踏上了开往西部的客车，前后转了三次车，才抵达地图上那个小黑点——云南西部的一个小镇。

在途中，我看见窗外的景色如陶渊明笔下的世外桃源，虽是秋季，那成片的花丛胜过城里春节的花市，姹紫嫣红，有彩蝶翩跹。我感到很兴奋，因为很快我就会在这个美丽的地方生活，也许一个月，也许一年，也许一辈子。

2010年11月24日

校长对我们格外热情，村里人也争着要我们住进他们家里，这种人情的真善美让我感动不已。

我教初三数学，初三只有一个班，这个班有39个学生（有的甚至比我高大），眼睛闪烁着求知的光芒。因为没有参考书，没有好的师资（很少有人愿意在这山旮旯里教书），他们的勤奋似乎是徒劳。看到他们在昏暗的灯光下反复朗读课本，我感到很酸楚，如果城里的孩子少挥霍浪费点，把零花钱捐给这些孩子，或者把不看的书，不用的文具寄给他们，他们何至于此！

我住在桑玛家里，桑玛13岁，小学毕业后就不念书了，帮家里编花篮挣钱。桑玛很活泼，对生活充满了热情，我一进她家她就缠着我用不标准的普通话要我讲城里的生活，问很多"为什么"。这是一个聪明伶俐的女孩，如果出生在城市，应该会是那种品学兼优、多才多艺的好学生。我告诉桑玛，如果有一天，我可以回去一趟，我就带着她在身边。

2010年11月28日

今天给大家讲了三角函数，我调动了我所有的幽默细胞，试图让每个人理解透彻，连我自己也不敢想象，我居然有那么大的潜能。

课堂气氛开始有点紧张，但很快就活跃起来了。我说在我的课堂上，有什么话直接说出来，不用举手不用起立。我不需要备课，翻开课本就讲，讲到他们都懂了，就讲下一节内容。

有趣的是我要自己出练习卷，我手头只有一本教科书，不能像我的老师那样，买一堆教参，出卷子的时候这里摘一道那里抄一题，我必须自己"创造题目"。我由做题者变成了出题者，真有趣。我动用了我的漫画细胞，把卷子画得"惨不忍睹"，把枯燥的字眼通通换掉，"喜欢什么，就选什么"是选择题，"我的空白你来填补"是填空题，"世上无难题，只怕有心人"是解答题。

自从上第一节课时有个女生说我的声音不够大之后，我每次上课都尽量提高音量，以致每节课下来喉咙都痒痒的，这里买不到喉片，但喝了桑玛熬的草药汁后总能迅速恢复。

2010年12月9日

今天上午，桑玛和十几个学生带我们6个小老师"上高山，入深林，穷回溪"，感受云南自然风光的魅力。那一片透明的蓝天，那一座葱郁的青山，那一条清澈蜿蜒的小溪，无不让我们迷醉。

我们在绿草地上玩游戏，互相追赶，尽情叫喊，最后她们手拉手跳起苗族舞蹈，我也被拉着去跳，跳得很笨拙，但是很尽兴，我已经很久没这么尽情地玩了。

这样的生活好惬意，虽然没有电脑，没有大鱼大肉。这里没有物欲横流，只有安逸与恬静，但人们也不会满足现状，不思进取。

2010年12月13日

全县联考成绩出来了，他们的数学平均分是75分，其他志愿者教的学生也都考得不错。

校长激动得老泪纵横，他说，你知道上次他们考多少分吗？30分！

我满怀激动的心情拿着卷子走进教室，教室里的掌声震耳欲聋，我看到下面笑靥如花，比我来时在车上看到的花儿还要灿烂，我知道我所做的都值得。

2010年12月18日

今天对我来说，具有特殊的意义——我18岁了。

多年以前就曾遐想，我的18岁生日如果能在西部度过该有多好，上天对我真的很好，让我如愿。

同学们按当地的风俗给我过生日，他们唱了祝福的歌，把我的脸抹得五颜六色，我们6人抱在一起，即使是冬天也暖如春夏。

桑玛在道晚安时亲吻了我的脸颊，说"谢谢"。我尴尬地笑了笑，脸烫得厉害。

我又想起爸爸，18年前，那个喜欢给西部山区的孩子寄钱寄生活用品的女人，生下一个男孩后便离他而去；18年后，那个男孩又离开了他，继续那个女人未竟的事业。他有权，也有钱，可是缺少爱，爸爸没有再娶，似乎也是对她和我好吧，他要他的儿子成为天之骄子，也是可以理解的。我居然那么残忍地丢下他一个人……

2011年1月2日

"阿岳！"一听到这个熟悉的男低音，我手中的花篮掉到了地上。

我的思绪一片混乱，我知道我已无可躲藏，那个男人已经走了进来，身后有几个穿警服的人。

接下来发生了什么我已不记得，只听到梦想破碎的声音，尖锐刺耳。

爸爸的语气出奇的温和，眼眶泛红可是没有流泪。

桑玛的父母对我说，回去吧。可怜天下父母心。

桑玛紧紧抓着我的手，眼泪吧嗒吧嗒地掉。

"我会回来看你们的，一定会的。"我挤出笑容跟他们道别。

车子徐徐开动，周围是黑压压的人群，有的人已经泪流满面。

2011年1月3日

爸爸还是打了我一个耳光，一阵令人窒息的沉默。

"把妈妈的相框擦一擦吧，染尘了。"他的声音变得如此苍老。

"我明天回一趟学校，8月重读高三，考北大。"我鼓起勇气说。

"好。"他笑了，"只要你能上好大学，我什么都答应你。"很久没见到他笑得那么开心。

"我想把那个小女孩接过来过春节，我答应过她。"我提出了请求，他也点头了。

即使上了北大，也可以去西部当志愿者的，同桌说得有道理。

这次非同寻常的旅行，让我明白了很多事情。只要我肯努力，没有什么是不可能的，血浓于水，没有什么比亲情更宝贵。

梦想没有破灭

看完阿岳的日记，我的心久久不能平静，是感动，是欣慰，还是悲哀？

学校的领导、老师对他的行为批评得很过分，还歪曲了事实，他们说阿岳因为成绩退步了几名就承受不了，说他爸给他定的目标不切实际，说枉费国家培养了他……

阿岳其实很伟大，伟大得让只知道考试的我们自卑。

阿岳回家了。我旁边的位子现在已经堆满了周围同学的书本。

阿岳的梦想并没有破灭，终有一天，他会自由飞翔，给更多的孩子带去希望。

时光以上，梦想未满

仰月琉璃

一

当我敲完最后一行字后，我怂恿夏楚检查整个"寻人启事"是否还有表述上的问题。夏楚把整张脸凑在电脑屏幕面前，沉默了很久，然后幽幽地转过脸，问："阿月，这样真的行得通吗？"

"难道你有更好的办法？"我瞅了一眼他，随后潇洒按下"Enter"键，直至电脑提示"您的帖子已经成功发表，现进入主题界面"时我才长舒一口气，呈"大"字状躺在沙发上，舒缓一直疲惫的心情。

坐在不远处的严江撑手在贝斯上划出长长的音阶："在学校BBS里发布咱们的乐队启事，既能避开我们几个人的家长，又能不让老师发现。而且论坛的人气很旺，看到我们启事的人应该会更多。我们只剩两个月的时间准备比赛，必须在一个星期之内找到合适的主唱和键盘手。"

"噢，那万一……"夏楚的话还没说完，就被我一个凌厉的眼神硬生生地噎了回去。半晌，他才吐出一句，"我先练习架子鼓去了。"

我满意地重新将目光移到电脑屏幕上，死盯着BBS上那篇"流光乐队招聘主唱和键盘手"的主题，和严江有一搭没一搭地闲聊起来。

"江，我们三个人认识几年了？"

"两年多了吧。好歹咱们秘密办乐队也已经两年了。这都会忘！我还记得你当初死皮赖脸地跟在我后面，一直絮絮叨叨念着：江，加入乐队吧！你的贝斯弹得那么好，不利用一下就浪费了。我就是被你烦不过才冒着被家长K的危险加入乐队的！"严江一脸嫌弃地望向我。我立马捡起沙发上的枕头甩过去。

"切！明明是你自己先跟我说音乐是你的梦想的。"

"呵呵，开玩笑的啦！也只有你这种人有胆子办乐队。那么喜欢音乐，为什么不去学艺术！"我无奈地笑了笑，"你知道的，我妈对我抱有多大希望，再说因为爸爸的原因，她最讨厌的就是音乐。要是她知道我想考艺术，真的可能把我拆了，再塞回她肚子里。"

"其实你妈也很辛苦！"

"我知道。"我低下头，尽量让思绪不要集中在残缺的记忆上。妈妈，又有半年没回来了呢。

"不过，阿月，夏楚考虑的问题不是没有道理，如果真的找不到键盘手，我希望可以再次听到你的琴声，而不仅仅是写词、作曲。"

我伸出自己的手，反复翻转，顿了顿，朝他摇摇头："对不起，至少现在不行！不过，我会考虑的！"

严江看着我，轻叹了一声，顺手又玩弄起了他的贝斯，犀利的声音叮当回响。

二

一连好几天过去了，依旧没有任何人联系我。自从三个月前看到有关乐队的比赛，我已经把所有的心思都放在了上面。晚上抓紧时间创作词曲，熬着通宵。白天，下课就忍不住趴在桌上昏昏欲睡，然后又反复做着类似于回忆的梦……

"你给我滚出这个家，滚！"

"我凭什么啊，该滚的应该是你吧！一个男人不养家糊口，天天执着什么烂音乐，谈梦想，你都不嫌丢人吗？"

"够了！"

"我告诉你，你不要再想靠我养活了。我会带小月走，不会让孩子跟着一个没出息的爸！"

……

爸妈的声音好大啊！我的房间里充斥着火药味。我默默地走到黑漆漆的角落中，掀开了那个寂寞了太久的钢琴。

忘记了在弹哪一首曲子了，只依稀记得钢琴的声音掩埋了隔壁的两个疯子。

"砰！"我的门被用力地撞开了。

"你这个小兔崽子，弹什么弹！你以后都不准再碰这琴。"我看见妈妈那么一挥手，没有打到我的脸，而是压下了钢琴盖。

"轰！"

忘记了那是怎样的疼痛，只是那种心碎的声音怎能忘。

……

"林月，你醒醒！"啊？我猛然从课桌上站起来，依稀听到夏楚的声音。严江对我皱了皱眉头，递来一张纸巾，示意我擦干眼角的泪水。又做梦了吗？我不好意思地笑了笑。

"这几天太累了而已。夏楚在喊什么？"

"夏楚找到主唱了，在教室外面！"严江一边说一边拽着我走出教室的门。站在我面前的是一个很娇小的女生，一头利落的短发配上精致的五官，显得非常精神。可是，怎么看都有点面熟啊！我猛然想起，这个女生不就是经常上学习光荣榜的沈可欣吗？

"你这种乖乖女也会参加乐队？就不怕耽误学习吗？"我疑惑地问。

她把头一昂，眼神露出倔强，"怎么，只许你们喜欢音乐，就不许我唱歌吗？我就是来当你们乐队的主唱的！"一种不容置疑的语气飘到我面前。我半眯着眼打量她，眼眸很清澈，是个干净的女孩。

"行，就你了！"我一拍她的肩，大吼一声。然后就换成眼前女生的惊讶了，不过她立马回过了神，朝我们狡黠一笑，"还有，就是请你们帮我保守秘密，我爸妈不知道这事儿。"

"放心，我们办乐队是秘密活动，家长也不知道。"夏楚和严江异口同声答道，"我们的秘密梦想。"

"那在哪里训练呢？"

"我家。"

"会翘课训练吗？

"怕了，优等生？"

"谁怕谁小狗！"

事后，可欣曾问我，"乐队选主唱难道不用先试声吗？"我冷笑了几声，"当然要啦！我是被你当时的气势吓坏了，才定你为主唱的。"可欣抽动了几下嘴角，立马还给我疼痛的一击。"乐队还差个键盘手，你准备怎么办？"我收敛了笑容，望向严江："再说吧！"

彼时，我们四人已经混得很熟了。可欣来我家非常勤快。每次不等大家到齐，就对着我家客厅里的镜子练习发声。她的声音很清澈，就像晴空下大朵大朵的白色浮云。偶尔我也会呆呆地注视着她。然后，静下来，我们又会窝在一起畅想"流光"乐队的未来！呢喃每个人对音乐的执着。

我想，那时候的我应该是最幸福的吧！

三

接连几天的闷热，给本来就烦躁的气氛又平添一层阴影。我下意识地攥紧了手中写着刺目分数的卷子，班主任质问我成绩下降的严肃语气不断在脑海中回响。

可是最烦的不是这个，再有两个星期就比赛了，可依旧没有找到合适的键盘手。夏楚把架子鼓敲得震耳欲聋，严江抱着贝斯一遍又一遍地试音，而沈可欣则一动不动盯着我看。我们被迫逃了几天的自习课，不断地试音，试图把主旋律转到严江的贝斯上。

"这根本就是不可能的事情！阿月，你听听，好好的一首曲子已经完全扭曲了！"可欣抓起曲谱，又开始新的一轮咆哮，"我听夏楚说你不是会钢琴吗？你可以试试啊！贝斯的声音引导主旋律太难听了！"可欣的声音掺杂着怒气。我没说话，也不想反驳，这已经是第四次大家把战火引到我的身上了。我知道可欣这几天也累坏了，为了配合我们训练的时间，一向乖巧的她也向家里撒了不少谎。

"可欣，你不知道以前的事，阿月不碰琴是有原因的！"严江试图扑灭可欣的怒吼。

"我管她什么原因！她可以作词，可以谱曲，为什么唯独不可以弹琴？你不觉得她是在逃避吗？"可欣把曲谱愤怒地甩在我身上。我望向角落里的钢琴，心里又开始弥漫几年前疼痛的错觉。它就像一把利器一直在提醒我，就在几年前的夜晚妈妈赶走了爸爸，然后独自带着我艰难地生活。一个家也就那么破了。

黑白交错的混乱记忆，又怎么忘得掉呢？可欣说得对，我是在逃避，可是在这个世界上，越是逃避的事情就越是偏偏与你如影随形。

"对不起大家！"我深吸一口气，不想再看见大家为我争吵。我努力压低自己的声音，"我不会因为自己而让大家努力的成果破灭掉。所以，我愿意尝试！"

"真的？"

"太好了！阿月！我真是太强了，竟然只用几句话把你说通了！"可欣激动地抱住我，我把头靠在她的肩膀上，然后看见夏楚和严江朝我笑，还伸出了大拇指。我知道，他们是在赞许和鼓励我。

因为我的加入，接下来的几天里一切都似乎开始变得明亮。除了偶尔躲避班主任的追查，应付几次考试，每个人都沉浸在快要比赛的激动心情里。我们的梦，快要实现了。

终于斗志昂扬地等到了比赛的那天。

临行前，我们背着各自的行囊，翘掉了整个下午的自习，来到比赛的场地。我们四个人一直手牵手，给予彼此力量。那场华丽的演出，映着霓虹灯眩晕的光芒，燃烧出了四个人的梦想。我望向他们，第一次如此真实地触到了自己的梦。可欣清丽的嗓音唱着我写的歌：

以时光飞驰的速度旋转起舞
以星辰闪耀的光芒点亮希望
回忆袭来，断续绵长
希望
无论过去多久

握紧的手

都不要松开

请你

记得我们的故事

它仿若流光

请你

记得我们的存在

不要将它遗忘

四

比赛一结束，还没等结果出来我们就迅速往学校跑。一时激动，竟然忘记了下午自习有班主任的课！然而还没到学校，我们就都停住了脚步——我们的家长竟然都伫立在学校的大门口！我妈妈也回来了！

场面开始变得混乱。可欣的爸爸骂骂咧咧地把可欣拽走了；严江的妈妈狠狠地给了严江一巴掌；夏楚的妈妈用仇恨的目光瞪着我，甩下了一句："不好好学习，搞这些鬼东西！"

我待在原地不敢上前，也不敢说话，不知道妈妈又会以什么样的方式来处罚我。我看见妈妈一步步朝我走来，路过我的身边，没有停留。

"回家！"这是妈妈对我说的仅有的两个字。紧接着，她在我的视野中消失了。

才刚到家门口，我就发现几个穿着工作服的人正从家里搬出家具。我缄默地看着眼前的一切，直到那架钢琴砸在墙角发出了一声闷响后，我开始没命似的向楼上冲。

"妈，这到底是怎么回事？为什么……"我死死地拽住妈妈的手。她的手很凉，凉到让我的心裂开了一道口子，涌出了细细的绝望。

妈妈背对着我，反手紧紧握住了我的手："都怪妈妈没好好管你！妈妈绝对不允许你跟你爸爸一样，把青春浪费在无用的音乐上，所以妈妈给你安排了新学校。班主任说你的成绩退步太多，再不努力也许连大学都考不上了。至于乐队的事，你就不要再想了，也该玩够了吧！"妈妈冰冷的声音一丝不落地全都塞进了我心里。

"妈妈，我不是闹着玩，我是真心喜欢音乐，我想考艺术院校。"盯着面前一脸平静的妈妈，我第一次喊出了自己内心的想法。

"够了！你看看你原来多优秀啊！自从为了所谓的梦想，你成绩下滑了多少！我费了多大的力气才把你弄到重点班，你不好好学就算了，还带着其他孩子陪你一起疯！你知不知道，你们一共逃了27节自习课，学校方面都准备给你们记过处分了！"

妈妈一直都是这样的，会把事情做得无比决绝。妈妈愤怒的眼神刺得我的眼睛无比干涩，我一把甩开了她的手，咆哮着："从我小时候开始，你就那么专制，你赶走了爸爸，指挥着我该干什么不该干什么！我好累，真的好累！"

妈妈震惊地后退了两步，脸色由通红褪成了苍白。望着我，红了眼眶。

半晌，我们彼此一直僵持。

突然，妈妈笑了一下，然后缓缓地转身，扶着墙蹒跚地走向旁边的卧室。我强忍着泪水注视着妈妈离开的脚步，每步离开的声响都好像踩在了我的心上。

"你爸不争气，你也那么……不争气吗？你知不知道，妈妈也很累啊！"这是妈妈关上房门前说的最后一句话。我清楚地看到妈妈最后用尽力气望向我的悲伤、失望，还有眼泪……

我最终双手掩住嘴巴，倚着墙角慢慢跌坐在地上，眼泪重重地砸向了地板。

你爸不争气，你也那么……不争气吗？

这句话的分量太重。我从来没见过妈妈的眼泪，即使是几年前残忍的离别，妈妈都不会给我看她脆弱的一面。

原来自己的未来不仅仅是自己的，还有妈妈的……

我终于知道妈妈关门的同时，也关上了我那扇对音乐梦想的大门。

不知道过去多久，当窗外的晚霞被慢慢染成一片片苍白的寂寥时，我从地上平静地爬起来，轻叩了妈妈的房门，喃喃地说：

"妈妈，对不起！一切就照你说的做吧……"

然后，我拨了三个电话，每一个电话我只说一句："对不起，乐队……解散！"

……

"为什么！我们可以再跟家长抗争一下啊！我们都还没有放弃啊！"

"我们始终还是太任性了，忘记了家长的期望。"

"我们坚持了那么久的梦，就这样毁灭了吗？"

"是的！"

"林月！你是个胆小鬼！"

五

后来，我遵照妈妈的意思去了另一所学校，然后学会安静地看书，安静地学习，为的只是让她不再失望。

我和沈可欣、夏楚、严江再也没有遇见过。

后来，听说那次比赛，我们乐队的成绩是第二名……

临走的那天，我把所有的乐谱都埋在了土里。

彼时，一个孩子站在我的身后问："姐姐是在埋宝藏吗？"

我笑了笑："是的，让它们在土壤里重新孕育，也许将来有一天，真的会生根发芽！"

我想，我在等待希望。

就这样，梦想散落天涯

周笑冰

中午，我正在教室里一边吃面包一边背政治，忽然收到宁姐的短信：南南，我在你们楼下。

我冲出教学楼，看见花坛旁边站着宁姐，她穿着上届高三的白色校服，手上拎着书包，微笑着看我。我眼眶突然就红了，"姐，欢迎回来。"可是姐，我们更希望你可以自由地去实现自己的梦想。宁姐温暖的眼神中带着明显的坚忍，"南南，我回来重读高三。"稍稍顿了一下，她看见我胸前佩戴的学生证，笑了起来，"南南，恭喜你啊，终于考进了实验班。"我只是看着宁姐，说不出话来。是从什么时候开始，我们见面的时候，不会再提起那些当时疯狂热爱的文字与音乐？从什么时候开始我们再也不能从那里汲取力量，而是一点一点把头低下去，让学习吞噬我们曾经的梦想。

曾经亲如姐妹的四人，阿夕已经远赴山东去念高中，小诺还是没有拗过倔强的父亲，读了职高，我待在冰冷沉寂的实验楼失去了自由。我们全部的希望就是宁姐你啊，为什么你也放弃了呢？我们最初的梦想究竟被遗弃到了哪个角落？

一切要从头说起。阿夕是我最好的初中同学，宁姐是阿夕的表姐。

初二的时候，我经常在周末跑到阿夕家看碟。那个时候我们翻来覆去地看《圣斗士星矢》，有的时候也会因为争论穆先生和紫龙到底谁比较帅气而面红耳赤。到她家的次数多了，我就认识了阿夕的表姐宁橙。宁橙当时在市重点高中，由于有着艺术生的身份，别的高二生在学校里咬牙切齿学习的时候，她可以每个周六下午出去"采风"，或者按照她自己的话说是出去"放风"了。大家看动画片累了的时候就放那些或者嘈杂或者轻柔的音乐，然后靠在沙发上闭着眼睛聊天。

初三上学期，有一次看《我为歌狂》的间隙，宁橙忽然兴致勃勃地建议："阿夕、南南，我们来组建自己的乐队好不好？"受到当时影碟机里播放的"HAPPY女生"演出画面激情澎湃的影响，我和阿夕异口同声地说"YES"。这样，"夕南橙乐队"诞生了，后来由于小诺的参加，乐队又更名为"晴天"，我们都希望生活永远是晴天，永远幸福。

宁姐是吉他手，小诺打鼓，阿夕主唱，我负责键盘和写歌词的工作。记得我们写的第一首歌词是献给BEYOND的。

"晴天"一开始运转得不如我们设想的会像明晃晃的太阳一般夺人眼目，反而像大雾天气一样有着层层的麻烦。虽然我、宁姐和小诺都经过器乐训练，但毕竟没有参加过乐队的磨合，阿夕更是没有接受过专门的指导，会的技巧都是跟着电视学的，真真正正的"原生态"。宁姐与小诺经常爆发争吵：宁姐想要做自己的音乐，但是换来换去找不到感觉；小诺觉得宁姐的谱子写得太刁钻，认为那是对乐器和听众的双重折磨。争吵最激烈的时候，宁姐把花了几个晚上才写出的乐谱都撕了，背上吉他，头也不回地离开了小诺家。也是从那时起，我又恢复了写日记的习惯，每天都会记录下乐队的点点滴滴。没有想到的是，厚厚的一本文字最后成了我们对于那段时光的唯一凭吊。

2006年11月24日

今天，宁姐因为阿夕把她的乐谱弄乱了而大发脾气，阿夕也气哭了。其实我理解宁姐，她对音乐真是一种热爱。宁姐当初学的是钢琴，虽然她的技巧无比娴熟，艺术考试的时候还轻松地拿到了第一，可是她不喜欢，宁姐说钢琴是为她妈妈学的，只有吉他，是她自己的灵魂在歌唱。

2006年12月3日

我月考全年级名次退了30名，"晴天"也遭遇了组成以来最严重的信任危机。宁姐和小诺又吵架了，以往总会有一个人最后退让，这回谁也不认输。最后，小诺对宁姐说："你这样坚持，是不会有好结果的！"宁姐气得把那张珍爱的乐谱撕了，拿起吉他，大步离开了小诺家。我和阿夕在后面怎么喊她也不回头。

真的希望"晴天"有一个好的未来，可以吗？

2006年12月6日

今天小诺和阿夕都来到了我家，她们一个翻我以前写的歌词，一个对着天花板发呆。其实小诺说出那句话后就后悔了，但她的自尊心很强，一直不肯对宁姐说"对不起"。我们已经有三天没有联系到宁姐了，她在做什么呢？

第三篇日记写到这里就戛然而止，因为我接到了宁姐的电话。也就是在那天，我们才知道为什么宁姐会对小诺的一句气话产生那么强烈的反应。因为有一个人曾经对宁姐说过同样的一句话，她笃定宁姐自己的选择不会有好的结果，她是宁姐的妈妈。宁姐的妈妈是那么心高气傲的女子，以致结婚不久就带着宁姐离开了自己平凡朴实的丈夫，开始了自己的事业，她一心认定只有自己的选择才是最好的。当宁姐中考失利的时候，她本来想将女儿送去另一个大城市读寄宿制的重点高中的，只是由于宁姐的一再坚持，才同意宁姐以艺术生的身份就读市实验。然而她仍然坚持只有钢琴、小提琴这些精致细腻的乐器才是艺术，她对宁姐的吉他嗤之以鼻。宁姐之所以那么坚持自己的音乐，也是为了给她一个证明，还有一个承诺，为了默默关怀自己的爸爸。

得知宁姐的故事，我、阿夕和小诺都陷入了沉默。终于，小诺有点不自然地对宁姐开口了："'晴天'没了你有点'多云转阵雨'，回来吧，我以后会尽全力配合你的。"她小心翼翼地拿出了一张纸，"你撕掉的乐谱我粘上了，喏，还你。以后不要再拿自己的东西撒气，否则岂不是让我得逞了？"那一天，大家都敞开了心扉，原来每一个人都有自己深藏的忧伤与无奈，然而生活不全是阴霾，只要努力，我们总会找到属于我们的晴天。

后来，乐队渐入佳境。经过大家的协商，宁姐那张劫后余生的曲谱被定为我们的主打歌，我写的歌词，名字就叫作《最后的坚持》。学校三年一度的艺术节拉开了序幕，此前在学校，只有很少的几个人知道我们的乐队，因为宁姐不是我们学校的人，说服团委老师让她参加我们的节目还颇费了一番周折。

我们是参加那个艺术节的唯一的乐队。在正式演出之前，阿夕一直笑话我没出息，一个学校的艺术节都吓成这样。然而真正站在台上的时候，阿夕比我更紧张。宁姐还好些，有经验，我和小诺也都有点怯场。然而当熟悉的前奏从宁姐手下流畅地传出的时候，我们都沉静下来，想起了我们在音乐声中度过的那些日子，所有的争吵与迷茫在舞台上终于爆发出它的意义。"即使全世界都把我抛弃，至少还有你是我最后的坚持。当所有的梦想都散落到四方，至少还有你帮我把骄傲收藏……"那首歌是写给我们的，也是写给我们所爱的音乐的。即使经受了那么多的挫折，我们仍然是那么骄傲的孩子，骄傲到看见了阳光就认为生活永远是晴天。

　　那个转行做导演、博客点击量高得吓人的美丽姐姐说："要有最朴素的生活与最遥远的梦想。"我们的梦想是与音乐一起飞翔，所以即使要穿越风沙，划破手掌，也要坚定着希望去闯。

　　2007年4月我们又参加了市里的音乐比赛，结果我们拿到了一等奖。然而那天当我兴高采烈地拿着奖状回家时，却看见了父母勉强压抑愤怒的面孔，班主任在中午就给他们打了电话，为了我逐渐下滑的成绩。"都是毕业班的人了，还搞什么乐队？成绩是最重要的！"妈妈气得暴跳如雷。爸爸还算开明地劝慰了几句："南南，咱先把乐队放下几天好吗？中考之后你想怎么玩我们都支持你。"我刚开始还试图说服他们，然而当回到自己的房间发现我的乐器消失了的时候，我才明白他们的决心。

　　第二天，我去找阿夕和小诺诉苦的时候，才得知班主任也往她们家里挂了电话，小诺的乐器被没收，阿夕的妈妈则委婉地告诉了宁姐不要影响妹妹的中考冲刺，以后就少来妹妹家吧。虽然不满，但是看着紧接着发下来的月考成绩单的时候，我们都无话可说。熬完这几个月就好了吧？我们尽量乐观地想。复习后期，我们每天做大量的习题，做累了，会在下课聚在一起小声地唱以前一起谱的曲子。怕影响到我们复习，宁姐很少来找我们，逐渐的，"晴天"只成为昙花一现的传说。

　　然而并不是所有的努力都会有回报的，"七模"成绩下来的时候，离中考不到一个礼拜，而小诺仍然排在学校三百名开外。根据学校往年的成绩推测，她只够上三流高中的分数线。

"可能我真不太适合学习吧。"小诺看着桌上被红笔修改得密密麻麻的练习册很平静地说。我和阿夕都默然。在此之前，数学老师指着没有及格的卷子对阿夕说："像你这样的学生，我是放弃了。你也不用学了，搞你的什么乐队吧，看能弄出什么名堂来。"轻蔑的语气伴随着班级同学的窃笑扎进了小诺的心里，也触动了我和阿夕。愤怒的话几乎就要脱口而出：只是因为你是老师，就可以毫无忌惮地伤害学生吗？你究竟知不知道小诺为数学付出了多大的努力？难道成绩不好的学生，连自己的梦想都不配拥有吗？我看着数学老师，咬紧了嘴唇，最终却还是什么都没有说，默不作声地做题。我们，实在是没有办法与大家都普遍承认的规则作抗争。

中考仅仅两天而已，我却筋疲力尽。中考过后的第一件事就是和小诺、阿夕和宁姐她们聚在一起。我们没有唱歌，只是不停地在城市的大街小巷走，聊彼此的故事。那个时候我已经隐约地感觉到离别的气息，填志愿的时候，我们没有窥探彼此的表格，绝口不提这件事。仿佛这样地藏着掖着，离别就可以真的被掩埋住。

一周后，成绩下来了。我勉强达到了市重点自费的分数线。听到这个消息后，爸爸锁紧了眉头，但也只是淡淡地说了一句："好歹能进了，以后好好学吧。"妈妈脸上的笑容短暂地闪烁后褪去，声音陡然拔得尖利："怎么搞的！初三上学期还挺稳当的，老师还说再冲冲能进实验班，怎么中考成了这个样子？我看就是你认识那些不三不四的人把成绩带坏了，还搞什么乐队？你自己看看现在成什么样了？"她越说越气，我只是垂着头，知道辩解什么她都不会相信。即使我知道成绩不好是因为我精神紧张发挥失常所致。

那两天家里的电话被管得很严，阿夕、小诺和宁姐不知道打了多少电话，都被妈妈拦下来了。妈妈提前买了很多高一的教辅书，学习班也早早订好，没收的乐器自然不会还我。直到三天后，学校发放录取通知书，我才看见阿夕与小诺。

学校布置完事项后，我和阿夕、小诺一起去公园散心，宁姐也赶来了。那个时候我才知道小诺与阿夕都没有达到市重点自费线的分数，也才知道她们的父母为她们早就选择好了道路：小诺去读职高，阿夕要去山东，因为那儿的教学质量比这里好。阿夕的脸上有泪痕，她说："南南，你是我们中唯一留下来的，无论是学习还是音乐，都记得给姐们儿争口气啊。"小诺说："南南，我手里的乐谱和歌词都送给你吧，估计以后我也用不上了……"那天，宁姐提议唱一次《再见理想》。大家沉默了很久，然后轻声合唱起我们最喜欢的乐队的曲目，一遍又一遍，直到夜色蔓延过整个城市。

再见了，我们的理想。

高一虽然没有了升学的压力，但是全市学生的精英都汇集到了一起，竞争的压力更大。浸在题海中的我，渐渐失去了与宁姐、小诺的联系。直到三个月后的一天夜晚，我在做堆积如山的习题时，接到了宁姐的短信。她说：我要去S城，但不是上高中，我想去那里唱歌。别为我担心，也别告诉别人。

或许，我应该感到庆幸，当自己都放弃了梦想的时候，有那么一个人坚定地背负起了我们所有人的信念，向着未知前行。

宁姐去S城后，QQ不上，手机也没有开过。没有人可以联系到她，她的妈妈在S城的日报上发了寻人启事，也杳无音信。有的时候看到电视上有关流浪歌手的报道，我会不由自主地去寻找宁姐的身影，可惜一无所获。

那天晚上，我正在迷迷糊糊地背诵英语单词，几乎要睡着的时候，手机响了，线路那头是宁姐嘶哑却兴奋的声音："南南，生日快乐。"宁姐从来没有这么激动过，她告诉我之前没有打电话给我是因为她没有找到在酒吧驻唱的工作，身上带的钱没剩多少，不想让我们担心。她告诉我她曾经在S城做了一个月的超市收银员，她告诉我前几天在面试中被老板相中了，在一家新开的酒吧里做吉他手。我在夜幕里淡淡地笑，没有告诉她我在文理分班后终于考进了新的实验班。面对那样勇敢的宁姐，我有叛徒般的恐慌。

姐，请你尽情地飞翔吧。因为你的身上，是四个人的梦想。

"给你打电话后又过了几个月，我妈就知道我的下落了。她在S城的朋友很多，我知道瞒不过她。那个时候，S城有歌手选拔赛，我和她打赌，只要我能入围，她就不管我了。可是后来我在预选中被淘汰了，所以我就回来了。"宁姐摸摸我的头，口气很淡，仿佛说的是别人的故事，"缺了那么长时间的课是补不回来了，我就索性在家多待了几个月，重读一遍高三。后来我知道妈妈和负责比赛的人打好招呼了，不让他们投我票。但知道又怎么样？这段时间她确实老了很多，毕竟她是我妈。"宁姐叹了口气。

我知道，因为那些逼迫我们放弃梦想的人恰恰就是最爱我们的人，所以我们连反抗都不可以，只能妥协。

想起昨天中午替阿姨给我小妹送辅导材料，她就在我原来的学校读初二。没有见到她，我拜托她班同学转送时，那个一脸青春洋溢的小女生兴奋地问："你是'晴天'乐队的成员之一吧？我初一的时候有看过你们表演啊！"

"是啊，不过都是过去的事情了。"

你看，都是过去的事情了。曾经的我说要以笔为剑行走江湖，你说要倚歌天涯四海为家，然而那样的场景再也不会有了。阿夕在渤海的另一头独自面对陌生的环境；小诺在职高里学习烹饪；宁姐摘掉耳环，剪了披肩的长发；我开始在熬夜的时候喝大杯的咖啡……我们都小心翼翼地收藏起自己最初的梦想，骗自己现在的生活才是最正确的。

青春委地，我们的梦想散落天涯。

重点高中的重点班

广　隶

高三刚开学，班里的模范学生石头就一举考进了重点班——13班。谁都知道13班的构成有多复杂：去掉怎么考都是年级前10名的，去掉倒数后10名但家里极其有钱的，去掉虽不富有但是有人际关系的，再去掉教师子女……只有50人的班级，哪里有位置留给我们这些一无所有但正在努力着的工农的孩子。

石头，一夜之间成了平行班的英雄。

然而，很奇怪的，两个星期之后石头就回来了。他找了班主任和副校长好多回，坚决要回平行班。这就意味着，成绩紧逼石头的我，填补了石头的空缺，收拾行李，转战13班！

临行前，大姐姐一样的班主任特意找我谈心。她的主旨是：一定要比石头坚强。

"哦，新来的。"

到新班级时，早自习刚刚开始，大家都专注于学习，教室里十分安静。明亮的窗，窗台上清丽的兰花，墙壁上雅致的字画……（学生的天堂啊！）

我的座位靠窗，靠近兰花，靠近阳光。同桌是一个个子很小、发型很怪的女生。到目前为止，一切都很好。

7点30分，早自习结束。理论上讲，如果在我原来的班级，班主任会将新同学简略地介绍一番，然后新同学开始和同桌交流……然而在这里没有，绝对没有。年龄和长相极端不符的班主任抱着笔记本电脑走了，同学们要么继续写着，要么倒头就睡。（一点儿没有家的感觉……）

我小声地问同桌："班主任很严吗？下课没有人讲话吗？"

"有，你不是在讲吗？"

……我想，我还是安静吧。

突然，前排的男生转过身来，用俗称"一线天"的双眼审视了我好久，懒洋洋地说了一句："哦，新来的。"就转了回去。（这没什么无法忍受的。）

紧接着，数学课、历史课、英语课、心理课……老师都是陌生人，讲课无可挑剔，只不过对我这个"新生"未免太关注了。

"咱们班又来了一个新同学呀，看来平行班的学生虎视眈眈呀，你们这些骄子们可得加把劲呀！"（饺子？）

"这种题都答不出来，你是平行班的吗？啊呀，人家平行班来的都答出来了。"

"下面我留一下作业，这些题他们平行班的学生都不做，你们得做，你们和他们的地位是不一样的。"（地位？）

"忍受，忍受，妈妈说了，退一步海阔天空……海阔天空。"我低下头，想起曾经和我一起学习的明明很用功的同学们，什么都听不进去。

出人意料的是，同桌爆发了："平行班的学生怎么了？"

同学们愣了，老师也愣了。

"闲得，关她什么事了……"在一片私语中，同桌成了我心中的英雄少女。

024

"呀，她没有手机。"

同桌叫丹丹，自称是纯正的农民的女儿（小姨是学校财务处的）。因为家里都穷到了一定程度，所以我们约好，中午一起吃从家里带来的便当，或者花两元钱买个面包搞定。

穷，不是我们的错。我们仅仅错在，让那些纨绔子弟看到了传说中的"穷"。

"你们在吃什么好吃的？"坐在我后面的莱依笑呵呵地等着答案。

"面包。"我和丹丹异口同声。

"我当然知道这个叫面包，我吃的也是面包。你们的在哪买的，独立包装？"

"我的是在校门口的面包屋里买的。"

"我的是在沃尔玛买的。"我顿了一下，"你的呢？"

莱依大嚼特嚼她的肉松沙拉面包，忽地冒出一句："Sweet。"

丹丹惊讶道："肉松还有甜的？"

"不是啊，"莱依也很惊讶，"肉松都是咸的吧？"

"那你喊Sweet干什么？"（是啊，是啊。）

"Sweet是西点专卖店。离咱们这可远了，我妈妈每次都得开车去买，去晚了就没有了。我妈妈说……"

饭后，我和丹丹悄悄地离开了教室。我问她："Sweet在什么地方？"

"我怎么知道？"

终于，我们达成共识："无名小店。"

走着走着，一股浓浓的烟味扑鼻而来，再往前走就是"黑街"了——全校不良少年聚集的地方。（好像也可以叫情侣街、吸烟区、帮派会议室……）

调头，让校领导抓到就解释不清了。

"喂，新来的。"一个男生的声音响起，"借我手机用用，我的手机忘充电了。"

新来的……好熟悉的声音啊。我转过身，果然是前排的男生——越洋。

我摇摇头，说："可是，我没有手机啊。"

"没有？"

"没有……"（底气不足了……）

"没有手机的人啊……"越洋的目光突然变得很忧郁，声音也温柔了好多，"那……没事了，回教室吧。"

"啊？"我几乎是被丹丹拖回教室的，那个男生的态度对我来说真的是个打击，"越洋怎么是那样的人？吓死我了……他第一次说'没有'的时候，我还以为他在勒索我呢。"

"你别看他的头发被梳得根根向上，那只代表了他积极的人生态度，越洋的心理是很女性的。时间长了，你就知道了。"

教室里的同学分成N个团体，嬉闹着，学习着。莱依趴在桌子上发短信，健哥在给女友挂电话，阿凯用手机播放MP3，夕梦和萌萌正用手机拍大头贴。"原来，大家真的都有手机……"我自言自语。

这时，越洋也回到了教室。他和同桌说的第一句话就是："你知道吗？新来的没有手机……没有手机的孩子啊。公交车阶级，没有手机的孩子怎么会有私家车？"

"没有手机也没什么的。"我笑道，"手机也好，私家车也罢，在中国还没有那么高的普及率吧。"

莱依也开始跟着乱："你也没有手机呀？丹丹也没有，不愧是同桌！"

终于，在一片复杂的目光中，丹丹又爆发了："没有手机怎么了！"

"我不想上学了。"

第一次月考结束了，捂着刚发下来的成绩单，我的心脏都快蹦出嗓子眼了。第九名，年级第九名……梦想啊！我终于知道了，什么叫作"给我一个机会，还你一个奇迹"。

丹丹贴到我的耳边叮嘱道："把成绩单收好，笑容也顺便收拾起来。不要让人知道你考了多少名，尽量装痛苦。你第九，我第十七，我们先互道恭喜吧。"话音刚落，丹丹就摆出了苦大仇深的脸。

"为什么？怎么了？"

"别问了，照做就是了。"

于是，我也做出一副好多天没吃饱的样子（对我来说这就是痛苦）。静下来后，就听见了别人的声音。大家都在谈成绩，有讨论过没过590分的，有讨论过没过"一本线"的，有讨论年级排名的，其中还夹杂着抽泣声。

哭得最惨的是阿凯的同桌鹿鹿，他们俩青梅竹马，所以末等生和优秀生成了同桌。

莱依拍拍我的肩，问："鹿鹿从年级前10名滑落下来了，你知道谁考进前十了吗？"

"那个……那个……她就是为了这个哭吗？其他人呢？"

"没考好才哭的呗。"

鹿鹿哭得越来越厉害了，众女生在她的带领之下，声音也大了起来。

"人家一天在学校十几个小时，我也学十几个小时，结果呢？人家考这么好，我却考成这样，我还来上学干吗？我不想上学了！"

"对呀，对呀。"

"越学考得越差，还不如回家呢！"

"对呀，对呀。"丹丹也附和起来。

我把丹丹一下拽了过来，低声斥责道："你喊什么？17名还不算好吗？全年级七百多名学生呢，难免有考三本的。你们这么喊，还让不让别人活？！"

丹丹不以为然："不懂了吧，这叫演技。你这个时候要是那么冷静，百分之八十意味着你考好了，非常满意。然后，你的耳朵可就遭罪了……"

啪！鹿鹿把阿凯哭怒了，阿凯把一摞书摔到了课桌上，誓死要查出到底是谁考进了前十名。

"第一名是大川！"

"第二名是班长！"

"第三名是健哥！"

……

"第九名，第九名是谁？"

坏了，死到临头！我问丹丹："前10名不能有别的班的吗？"

"不可能。"丹丹坚定地答道，"年级前10名要是有平行班的学生出现，那还要我们13班干什么？"

"那我怎么办？"

"坦白从宽。不过，我希望你运用点演技……"

演技？于是我突然坐直身子，一如大梦初醒，睡眼惺忪。"我是第九名，怎么了？谁叫我？"

"啊？是她呀……"

"当初能考进来的话……就应该……"

"哦，新来的……"

阿凯皱了皱眉，安静地坐下胡乱翻着书；（到现在也不知道他查前十名都有谁有什么用……）鹿鹿趴到桌子上，脸深深地埋在臂弯里，同学们面面相觑。

莱依反而更有精神："好哇，藏得够深的。考得那么好，是不是该请客吃'哈根达斯'？"

"哈……什么斯？"

"算了，说着玩的，反正你也请不起。不过，你可得小心了，以后麻烦事多着呢，谁让你考得好呢。"

"广隶，广隶，我们一起玩吧。"

"那个……同学。"一向腼腆的慧慧抱着一本厚厚的习题册站在我的面前，"你能给我讲讲定语和状语吗？"

"啊？"

"不行吗？没时间就算了，我下节课再问。"

"不是，行，我试试看吧。"

这是开学3个月慧慧头一次和我说话，讲的却是这个。这也算是十三班良好学风的表现吧。

"哦，新来的，这道题怎么做？还有……这个、这个、这个和这个……"

"我说，越洋，你是想让我帮你写作业吗？"

"啊……生气了？我自己写的作业。人家就是想问几道题嘛，人家好不容易开始写数学作业了，啊呀，你又不支持人家……"

女性，女性，强烈的女性气息呀……

"广隶，转过来，聊聊天。"莱依又开始大吵大闹。

"聊什么？"

"喏，哈根达斯的巧克力，尝一块吧，你有生以来还没吃过吧？"

"别说有生以来了，都不知道入土之前能不能畅快地吃一回。"

"别说得那么可怜，来，共享共享。"

"慢，我们得严防资产阶级的糖衣炮弹。说，有什么企图？丑话说在前面，我可没有时间给你写作业，我回家还得洗衣服、拖地、准备第二天的早饭呢。"

"你是灰姑娘吗？妈妈是继母吗？家里有姐姐吗？"

"不是，没有。"

"让你洗衣服又不给买手机，悲惨啊……"

"有什么悲惨的，说过了，手机的普及率没你想象的那么高！"

就在这嘻嘻哈哈、叽叽喳喳的环境下，我顺利地融入了新的班级，连鹿鹿和阿凯也成了我的朋友。我问过丹丹，为什么那些人不找大川或者班长问题。

"你还没发现吗？那些从小就名列前茅的人都太狂了，他们之间可以交流探讨，可是却不愿给别人讲题。"

"从小就名列前茅？"

"你就不一样了，看起来有些软弱，还傻乎乎的。无论时间地点，只要问你问题，你都会回答。所以……不问你问谁？"

"我？傻乎乎？"

丹丹一吐舌头，跑向了莱依的方向。然后她们一起喊着我的名字："广隶，广隶，我们一起玩吧。"（终于找到一家人的感觉了……）

我也和她们一样畅快地跑着，迎面走来了久违的石头。

"在13班还好吗？"

我点点头，笑道："虽然开始有点不适应，但是同学们人都很好。"

"哦，那就好，这次考得不错啊……"

"我说，石头，你……没有手机吧？"

"啊！"石头惨叫一声（略有夸张），"你怎么知道？"

"没什么。嘿嘿，我也没有手机啊，又不是生活必需品。"

石头果然没有手机，也是公交车阶级。啊，我坐的座位会不会是石头以前的座位？原来是这样啊……

让我们高高兴兴地走彼此的路

罗晓文

父亲打来电话，快挂的时候有些犹豫地问我：大学……觉得还能很好地读下去吗？

我有10秒钟的失声，半晌哑声淡淡地笑，还凑合吧。

父亲在那一边无言，我的心慢慢慢慢地冷起来。

一个月之前，我在Z市打暑期工，一边信心满满一边提心吊胆——这实在是十分奇怪的感觉，我对自己的成绩十分自信，但是又对那些高校的录取十分没信心。不怎么亲近的姑姑婶婶早打电话来询问了无数次，我说还不知道录取结果时她们无一例外地安慰我尽力就好。

如果真的是尽力就好，那你们那么紧张干什么？过程总是没多少人看见的，只有结果挂在最高的地方，昭告世人你赢了还是输了。

赢了，是吹捧，过去的不好可以一笔抹杀掉；输了，是鄙夷，当初任何努力都不过白话空文。

网上超凡扔我一个鄙夷的眼神，我顿时就气馁。超凡说你根本不爱读书，不爱那个大学，那么拼命干什么？那么在乎干什么？

我磨掌霍霍刚想对她进行思想教育的时候手机鬼叫起来，漫不经心地打开瞟了一眼立马僵住——"文文，录取结果已经出来，你被××师范录取，什么时候回家？"

我对超凡说："亲爱的，生存还是死亡的问题摆到我面前了，你要不给我买张车票就给我买把刀吧。"

视频里超凡的眼神一瞬间幽远起来，我心里钝钝地疼。

白天仍在车间的流水线上手忙脚乱，晚上回宿舍发呆，信纸写了又撕，撕了又写。

8月过去一半的时候辞职，辞职结果要好几天才能批下来，只能留在厂子里等。一起来的同学兴高采烈地出去逛街，我躺了一天，不停地问自己要什么，得到的还是向往的？

到底一直想要追求什么？

用了一天的时间写信，写的时候喝很多的水，但是一直冷静，冷静地把信封口然后寄出去。心里没有听到悔恨的声音，只是疼，固执地疼。

打电话给苏，他问我是否真的已经决定，如果是，那么他随时可以收留我。

"但是请你不要后悔。"他说。

"现在我已经可以不后悔。"我说。

第二个电话打回家，妈妈的声音满是欣慰。而我终于艰难开口："那个大学，我不去了。"

过了半分钟那边才传来声音，爸爸的声音低沉郑重："为什么？你是不是发生了什么事？"

"没有，只是读了那么多年书，实在是厌倦，觉得不想这样读下去。"我的语气沉稳冷静，清晰地开口，"再说我并不认为只有大学是唯一的出路，我不相信不读大学我就没有出息。"

父亲问我，"不读书要干什么，难道一辈子打工？"

我说不出一条光明大道，连以后的打算也说不出来，只固执地不喜欢那个拼了两年高三考上的大学，就是不喜欢。于是只好沉默。

父母不同意是意料中的事情，但以后会原谅吧？一年，两年，再不行三年。这一次我要自己走，再也不想被谁左右。

过后几天一直在睡觉，不接电话，收件箱被短信塞满。结了工资，把行李打包好。发短信给苏告诉他我明天就去G市，让他做好迎接准备。挣扎许久还是打了电话回家。

父亲第一句话："什么时候回家？"

"明年。"

"我不许！"那边妈妈抢过话筒斩钉截铁。

我做好了挨骂的准备——打骂都能心甘情愿地承受，真的，在父母看来我不是好学生、好女儿，我又该怎么告诉他们我的执着？怎么告诉他们即使没有明确的方向但我内心坚定？不是不愿意开口，而是知道绝对不可能说服，那倒不如不开口。

"如果你不回来，我现在就去找你。"妈妈在那边一字一顿。

"我明天就去G市了。"

"那就去G市找。"

"妈！"我急了——这什么事啊？我妈这两年身体本来就不好，前一阵子又病了一场，现在要是再让她为我奔波，我真是万死难辞其咎了。

"文文，你说这20年，我和你爸亏待过你吗？吃的穿的，哪一样少了你？别人家有的，你哪一样没有？"

"没亏待。"我诚心地说，"所以我一直感激，从不怀疑我是幸福的孩子。"

"那你怎么这样子气我？"妈妈说得伤感沉重，"有什么不好你可以说出来，怎么能任性地说不回家就不回家？"

"妈，没有。"我低声说，"是我错，我不懂事，我不想读大学。"知道一回家，就没有机会再选择。

"那你高中三年那么辛苦是为了什么？复读一年又是为什么？"

"为争一口气，"我眼睛红了，"去年没考上不是我的成绩不够好，我不甘心败在高考这一关。"

"现在你就甘心了？"妈妈声音颤抖，"那你叫我怎么甘心？把你养那么大，供你读书，现在你就这样来辜负我？你对得起我和你爸？对得起你的老师、教练？我为你付出那么多，你说不读就不读？说不要就不要？"

我咬着唇不能作声。

"你什么时候回家？"

"妈——"我泪流满面。

"赶快回家，如果不回来那么从此以后也不必回来，不必再回来这个家，也不必再叫我妈妈。"妈妈的声音决绝，毫无回旋余地，我心痛如绞哽咽不成声。

我知道我根本是没有选择的。

那天晚上一直不能闭上眼睛，一闭上，就有眼泪渗出来，停不下来。我想，兜了一圈，又回到了原地。打电话给超凡的时候，除了哭，再也没有其他话。

超凡轻轻叹息："文文，回去吧。"

第二天拖着行李经过传达室，看到我寄出的信安静地躺在桌子上，信封上的邮票不翼而飞。看吧，这世上有些事情就是巧合得要命。

那封信是这样写的：

父亲：

对不起，那个大学，我还是不去了。我知道你不会谅解，就像从小到大，我从来都无法为自己的所做所为做出解释一样。这一次仍是找不到让你接受的理由。只是，你可以先听我讲吗？

从小我就达不到你的期许，所以在你那些同事眼中，成绩从不拔尖的我是个令你丢脸的女儿，是不是因为这样，你从来不曾给我一句嘉许？

去年我仅以两分之差被本科拒之门外，知道成绩时我躲在房间里号啕大哭，我不是对我的成绩不甘，不是对我的高考不甘。我不甘的是，我最终还是不能做一件令你脸上有光彩的事情——是在高考之后我才知道，你的同事们都在等着看昔日桀骜不驯的我是不是已经变得优秀，还是像当年一样任性幼稚年少轻狂。

那时候伤心，但还没打算复读。因为骄傲的人不愿意吃回头草，把行李收拾了一下就打算在别人开学的时候远走G市。可是最后，你问了我三次愿不愿意复读，我终于明白那纸通知书对你的重要性。

我在9月1号的前一天回到学校，开始我的高四生活。

高四的时候，身体累到极点，却在夜里睁大眼睛彻夜难眠。那时超凡离开，日子漫长到让人失去所有希望。我无时无刻不后悔复读，但又清清楚楚地知道一定要把它完成。

你知道吗？体育考试的时候我在武术馆里哭得惨烈。觉得很辛苦，苦得即使知道那样的日子快要结束，仍是觉得熬不下去。

父亲，大学从来不是我的梦想，我想得到的已经得到了——是一直希望自己能在你眼中变得优秀一些，向那些曾经看不起我的人证明我有值得骄傲的资本，证明我不比谁差。当初你问我想读哪个大学，我在第一志愿填了你建议的师范，如此干脆是因为早就决定，哪里我都不会去读的，只要那纸通知书在你手上，那就足够了。

你看，父亲，我终于有一次干得漂亮了。他们说大学是天堂，但你听过这样一句话吗：好女孩上天堂，坏女孩走四方。

我曾经很努力地向你所希望的方向前进，但那不是我想要的样子，所以这条路，我决定不再走下去。

你问我不读书想干什么，可是我也问过自己：难道除了读书你就什么都不能干？不是的，父亲。虽然我的方向模糊，但我的信仰坚定：我爱的绝对不是那张大学文凭！

你不止一次对我强调我已经20岁，但在你心里，我仍是几年前不更事的少女。是不是因为我所拥有的一切都来自你，所以你可以理直气壮地对我的所为做出优劣的评价？父亲，你知不知道我多想用成人的目光与你对视？

如果在你心中我仍是不知天高地厚的孩子，那么就让我再不懂事一次，违背你们的意愿，再一次做任性的事情。即使我知道你仍旧不会认同。

就算是真的错，我又何妨一错到底。你可以笑我天真，但年轻只有一次，过了，就回不了头，我宁愿头破血流。

你一直让我决定自己的事情，那么这一次，请你仍然纵容我。让我离开你的翅膀，就算日后后悔，一败涂地，我也决不怨天尤人。

朋友说，我是令你最开心又最伤心的一个，因为我终于得到大学的钥匙，但又把它丢弃了。

父亲，我是吗？

请你和妈妈，原谅我。

女儿：文文

我用一天的时间写完它，终于还是寄不出去。就如同信中通篇刻意用的是"你"不是"您"，但我仍然要抬头仰望他。

买了回家的车票，眼睛干涩，可是仍然固执地瞪大眼睛看着越来越近的熟悉城市。万家灯火，其中有等候我的一盏，应该是一件温暖的事情吧？

回到家，妈妈很高兴地在厨房里忙，仿佛我不曾让她伤心哭泣。彼此之间，小心翼翼地避开那一场争执。

这就是父母，等待你，原谅你，并且爱你，给你他们认为最好的东西。

那封信被我撕掉再没有提起，因为我已经回家。

有一次无意中发现父亲桌子上的稿纸，上面罗列我应该读大学的理由，密密麻麻，无声地告诫我不能再开口。

我收拾好行李，到了我的第一志愿。很忙碌，填很多的表，买东西，熟悉新同学，努力记住陌生的名字……

接着是为期两周的军训，皮肤被晒伤，站军姿差点累到脚抽筋，疲倦到一沾上枕头就熟睡，没有做过一个梦。军训演练时拿到第一，终于结束。

发呆的时候手机响起来，区号010，我心头大震。

是超凡在那边兴奋尖叫："文文我在北京啊！我在天安门啊！你知不知道这里是天堂啊！我看到'北京欢迎你'这几个字时我还以为自己这辈子最光辉灿烂就是这一刻了啊——哈哈哈哈，亲爱的北京，亲爱的首都——"

我陪她尖叫，可是挂机之后眼泪流了下来。

是想起两年之前，我对着地图流着口水说要走遍大江南北，死都要去北京看看，而超凡盯着某大学雄伟的大门叫着死都要死在大学里。

超凡，一定是有什么地方出了差错的，不然为什么，我到达了你的梦想，而你，伸手摘下了我仰望的星星？

此刻，眼泪才肆无忌惮地铺天盖地。

可是超凡，亲爱的，让我们为对方祝福吧。

因为，终于我们都替彼此完成了梦想。

随着老师们提到"高考"二字的频率不断飙升，我孓身站在一片狼藉中守望明天。

我只守望明天

米 卜

关于睡觉

我对我的生活没什么奢求，只是单纯地希望好好学习天天向上。然后，模仿着去麦加朝拜的老人，匍匐在地上虔诚道："神啊，请多给我一些时间吧！"下一句的台词要改："让我每天可以多睡两个小时！阿门。"

由此可知睡觉对于一个正在高三备受煎熬的人来说是多么的重要。我每天最最快乐的时间是晚上"嗖"的一声把课本扔在地上，然后再"嗖"的一下扑上床时，其次快乐的时间是中午"嗖"的一声把筷子扔在桌上，然后再"嗖"的一下冲向卧室时。

我使用了很多"嗖"字，不夸张，高三的生活就是嗖嗖嗖的，可以充分体会到所谓"时间嗖嗖如流水"，这也是为什么我每天不能把很多时间浪费在床上的原因。

但是事情往往难以尽善尽美，政治老师一再教导我们要用两分法和两点论的观点看问题，应用于睡眠问题便是：一个人的精力大小是恒定的，如果不把睡眠时间花费在床上，就注定要摆在教室里。

每天早上的晨读是对人意志力的一大考验，本班曾经有人创下了站着也能睡着的非凡纪录。其次考验人的是上午的语文或者历史课，有一次同桌烧卖非常惊喜地告诉我："我昨天晚上吃'白加黑'吃错了，嘿，吃成白片了，嘿，结果怎么睡也睡不着，嘿，然后睡我上铺的××就跟我说，你想想语文老师，嘿，然后我一想，嘿，10分钟我就睡着了，嘿，忒香！"

多神奇的办法！

政治老师还说过，用矛盾的观点看问题，事事无绝对。

如果你是一个刻苦耐劳的好孩子，不甘于把时间放在床上的同时也不情愿把睡觉扔在教室里，那么你可以通过咖啡来解决问题。

冬天的时候，冲一大杯超浓的热滚滚的咖啡，然后就着数学卷子一口一口喝下去是一件十分惬意的事。但是夏天再这样做就会比较痛苦，于是开始有人干吃袋装咖啡，撕个口子，然后倒在嘴里嚼一嚼再咽下去。简单地说，这是一种用口水和胃液冲泡咖啡的办法。

起初大家都比较信赖雀巢的咖啡。那种袋装的雀巢咖啡，一次买得越多越划算，于是学习了资本主义剩余价值后开始有人一次买几百包回来转卖给同学，从中渔利。再后来，有位同学发现，一种韩国产的蓝山咖啡干吃味道极佳——开始有人脱离雀巢阵营。紧接着又有一部分人毅然放弃了雀巢，加入到Maxwell咖啡的行列里去（因为不同的口味很多）。偏偏就在这个时候，一向反应比较迟钝的Dundy以批发价买了两百多包雀巢咖啡回来，并单纯地认为一定可以很快在本班处理掉。至于结果，我不想多问，只是Dundy两个礼拜以后告诉我，他爷爷奶奶现在也喝咖啡，雀巢的。

关于爱情

我同桌是一个反感咖啡，珍爱生命，喜欢把睡眠扔在教室里的孩子，这本来没有什么错。但是由于她选择的时间和地点十分糟糕——下课时趴在桌子上，便给我带来了一些麻烦。她睡觉时我若是企图把她唤醒好让我回到座位，她就会瞬间产生很大的爆发力，总使我想起《七龙珠》里的"龟背波"。

我不是小悟空，我只好尝试着从桌子前面翻进座位。

但我十分不喜欢这样做，因为教室门口常常会有一些其他班的男生聚众，我的这种行为很有可能给他们留下本班女生普遍较"彪悍"的印象，从而间接影响到本班女生在高中早恋的小小幸福。

破坏别人的幸福是可耻的。

但我的幸福在哪里？

我一直梦想着能在一个金色的秋天和一个长得让我觉得满意的男生一起，在一条全是落叶的路上走啊走的。路两旁要有树——白色的桦树，带淡黄色的树纹，树叶要求全是黄色调的，米黄色、嫩黄色、橙黄色、金黄色……天要蓝，要有云，温度适当，搭配上秋风，正好适合毛围巾和呢子风衣。

在这幅幸福黄图里，环境比较好找，但人物就相对困难一些。面临着一个严峻的问题：

"帅哥在哪里？"

这里我引用了Joturli的"名言"。她常常趴在教室的窗户上感慨："帅哥在哪里？"

是啊，帅哥到底都跑到哪里去了？

答案是值得好好探究一下。但是，我要说，如果一个女生对男生十分在意，那么基本可以推断她对爱情是有企图的，这里用"爱情"并不是十分准确，17岁不懂爱情。但不懂爱情的女生们仍然乐此不疲孜孜不倦，其原因或许可以用Happle的话来解释："当一个人处于高三这种极度无聊的状态时，往往会把自己快乐的小旗插在一些更无聊的事情上，比如说吃，比如说穿，再比如说早恋。"

学校里有一个植物十分茂盛的小花园，每天晚上11点整，准时有一个保卫科的家伙拿把手电筒进去照啊照的。后来许是学校为了节省人力资源，便在花园里树起了两个相当夸张的特大号白炽灯，自此以后，每天晚上阴森森的饭厅门口总是人潮汹涌。

关于老师

刚才我们提到了保卫科的手电筒问题，其实最先开创这一先河的是我们现任历史老师。历史老师博古通今，翻阅中外典籍，深刻领悟到为什么那些真正有所作为的人往往相貌简陋——正是因为主观条件导致了他们与爱情相遇甚晚！与爱情相遇晚了，便会先碰见事业！

我一直坚信和历史打交道的人会有很强的时间观念，就像我们数学老师买菜的时候不容易被坑蒙拐骗一样。

然而实践证明我的两条推论都错了。

历sir常常言辞诚恳地对我们说："据可靠消息，再过几天学校要搞一个抽查考试，大家要加紧复习。"结果全班同学心惊胆战，一看见教务处的人抱沓纸往教学楼走，便呻吟不止，但往往结果又看见那个人抱着纸往收废品的那个老太太方向去了。

这种情况一直持续了几十天，历sir依然不断重申"几天后考试"不停。

于是我反应过来了：教历史的人几个世纪几个世纪地跨越惯了，三四十年对他来说也就是一个"短暂的历史瞬间"，推理一下，几个月对他来说也就是几天。

至于数学老师，其人姓戈，很有女生缘，我们私下呼其"log"（一种数学符号，详情参见高中一年级课本下册，读作làoge）。

这就是为什么每次log提到"log的性质及应用"这一章节的时候，班里同学都会普遍兴奋不已，课堂气氛十分活跃。这时候的log被为人师表的幸福光环笼罩着，往往还会激动地一拍讲桌："我再强调一遍：log的一切都要听从于a的取值范围！"

于是log的夫人的外号便为"a的取值范围"。

我们这种起名方法是科学的——透过现象看本质：我们常常见log拎个小篮在街上买菜。

但是log买菜的时候常常缺斤短两，log精密的函数大脑认定自己的计算不可能存在误差，于是得出结论：下次买菜时把物理老师叫上，卖菜的那个秤子一定有问题！

教高三的老师们普遍有一种神奇的功能，讲课时讲得好好的会突然来一句："这个知识点自从在1999年上海卷作为2分的单选题出现过后已经很久不见，大家要小心。"或者是："关于这个问题，在前年的全国卷和去年的江苏省卷上都考过，一般和解析几何一起出现，考生做对率不到百分之七十，大家要引起足够的重视。"

关于食堂

高三学生往往是学校食堂的最大消费群——因为没有时间出去坐在学校门口的小饭店里等待上菜，同时也是学校食堂的最大"宰体"——由于长时间不见天日的生活，导致即使被多收了钱、忘找了钱也一时反应不过来。

学校的食堂是一个敏感度十分高的地方，每天下了课去看看今天哪个菜炒得最多，便可以知道现在市场上哪种蔬菜最便宜。食堂有时候还会应时推出一些东西，比如说立冬卖饺子，端午卖粽子之类的，但不知是因为销路太好还是销路太不好，往往一卖就要卖好几个星期，很诡异。

食堂里有一帮专门洗菜蒸馒头的人，二十出头的年轻人，每次当我们在教室里面累得哼哼唧唧时，总会听到他们在食堂门口大声唱歌或者说笑。这使我们十分的嫉妒，他们是学校里最快乐的人，而且还有免费的东西可以吃。

学校的食堂一直坚持与时俱进、推陈出新，不幸的是，与时俱进推陈出新的不是食品而是价格，比如说去年冬天在卖一种形状奇特的红薯制品是五毛钱一块，今年冬天再次出现时就已经涨到八毛了，我们愤慨于这是食堂那帮人对我们记忆力的极大否定。但据他们自己说，理由十分充足："东西不一样了啊，今年这种是加了蜂蜜的。"

这让我深刻认识到原来蜂蜜这么便宜，很为蜜蜂委屈，同时天真地幻想，明年会不会又推出一种号称加了蜂王浆的然后卖一块钱一块。

关于复习生

刚才一不小心说到明年冬天了，在高三，这被视为是极其不吉利的事情：这意味着有可能要留下来复习。

复习不好。

学校残忍至极，把一整栋楼的复习生活生生地放在我们应届生所在的教学楼对面，这和把一盘红烧鱼放在一条鲜活可爱的小鲤鱼面前的性质是一样的。

天天看那帮人面无表情地进进出出、来来去去，在我们面前飘过来飘过去，应届生们普遍提心吊胆，生怕明年一个不小心就直接搬到对面去了。

关于操场

在我刚上高一的时候，学校那个号称五百多万的全塑胶操场，是第一个让我有想法的"建筑"。但是当我在上面经受了38摄氏度的10天军训后，一靠近便会有腿软的感觉。

这种感觉一直没有缓解，因为体育课要在上面进行长跑训练之类的东西。

直到高三那年冬天，学校突然下了通知：由于天气寒冷，体育课暂时停上。

有一个复习生告诉我，学校年年都是这一招，高考前不会恢复体育课了。我知道自己基本上算是和那个恐怖操场脱离关系了——这是高三带给我的种种不幸中的一个稀有的万幸。

有人说过，只有当你彻底摆脱一个人的种种不好时，你才会开始注意到他的好。我没想到对于一个操场也是这样。

离高考百天冲刺的时候，老师告诉我们要加强身体锻炼，否则身体根本不可能撑到六月。

一个"根本不可能"给了我一身冷汗和一身动力，于是每天下午4点30分都可以看见我在操场气喘吁吁狼狈不堪地跑步，然后再回教室做高次函数、解析几何。

曾经有一段时间我的心情十分低落，便每天在自习休息时去漆黑的操场发呆。很安静，很空旷，夜风在身边穿梭，我总是一脸愤怒地看看天空看看远方，然后长时间地发呆，直到听见上课铃响后冲刺回教室。在离高考还有大约一个礼拜的时候，我听见一个男生在操场弹着吉他大声地唱歌，我顿时心潮澎湃，觉得生活是美好的，明天是光明的，因为我还很年轻，很年轻很年轻。这种感觉持续了大约三个小时，然后又被汹涌的高考黑色海啸吞没。

关于高考

这是一个无法回避的问题，但我还是坚持把它写在最后面。

关于高考，我不想说它的坏话——说它坏话的人已经太多了。其实整个高三，使我痛苦的并不是高考而只是辛苦。

我们不应该天天愤慨抱怨现在学的高次函数抛物线之类的以后根本没有用，高考不要求我们掌握这些东西，高考不是培养人才，而是选拔人才。

中国有很多很多人，这便意味着其中相当多的人将失去接受最优秀教育的资格，那么让谁失去这种资格？抽签当然是不公平的，于是高考出现了。

高考要求一个人必须有勇气，有毅力，敢于吃苦，高考要求他可以在最短的时间内调动体内的一切机能，掌握要求掌握的东西。

这些人便是每年高考中的成功者，他们以高分换取接受更好教育的资格。

永远不要嘲笑某个人高分低能，高分低能的人往往是刻苦耐劳的人，他们可以静下心来，长时间地专注于一件事，不在乎吃多少苦，只要求前进再前进。

这便是一种能力，没有高分低能的人。

高考是一场游戏，大众参与，它要求你能够在整整一年甚至更长的时间内，把自己所有的精力和毅力投入一件事情，并且毫不厌烦地重复再重复。它要求你善于掌控情绪，能够承受压力。它要求你即使痛苦不堪也依旧有勇气微笑，并且保持微笑。

我孑身一人站在一片狼藉中守望明天，站在我的17岁守望明天。

我不守望6月，我只守望明天。

第二部分

你就是那只细致的蚂蚁

当一个男人成为一个父亲，不管他曾经是多么卑微渺小，当他面对孩子时，他就可以成为一个伟人；不管他曾经是多么粗枝大叶，当他为孩子付出时，他就可以细致得像一只辛勤觅食的蚂蚁。

——安诺《你就是那只细致的蚂蚁》

你就是那只细致的蚂蚁

安　诺

我总是在一个人很安静的时候想起很多人。今天，我想起了你——爸爸。

我想起去年10月1日放假回到家时，你一个人坐在房间里剥棉花时的表情，平静，寥落。于是我放下书包帮你。5天长假，对于我们学生来说，真的是一个非常奢侈的假期，我用5天的时间来帮你摘花生，帮你剥棉花，帮你收稻谷，帮你洗衣做饭，只是希望你可以不用像一个人的时候那样劳累。可是在那5天里你依旧那么忙，忙得在偶尔打开电视看你最喜欢的体育赛事时竟然睡着。

我想起去年10月3日的那一天，我和你收稻谷，你很平静地告诉我说："有一天中午，我一个人在场上收稻谷，心里突然想到我们一家四口只有我一个人在太阳底下工作。"说完你很淡然地冲着我笑了，我也跟着笑，可是笑着笑着，我的眼泪就掉下来了，把油布上黄灿灿的谷子都打湿了，幸好没有被你看到。

我想起有一天下晚自习后，我打电话给邻居大姐要你来接电话，结果她说："小诺，你爸收谷子还没回来呢！"我看看手表，已经10点多了。挂掉电话，我一个人躲在被子里面掉了好多好多的眼泪。你看，你总是那么让我心疼。

我想起11月2日高一学生放假，我写了一张让堂妹帮我带东西的清单，说："我爸肯定不知道这些东西放在哪儿，你回去帮我找找。"可是4日返校的时候，堂妹给我带的东西多得出乎我的意料。她说："你还说你爸不知道东西放在哪儿，这些东西都是他照着清单一样一样地找出来的，楼上楼下都是他一个人在找，根本就没要我动手。他好不容易找出那些东西，我怎么能忍心不把它们全给你带过来呢？你爸嘴里还不停地念叨着说，这么多东西你都没带，在学校可怎么过啊！你爸真的好好啊！"我听了，一下子就红了眼眶。其实我是真的没想到那些衣服裤子都是你找到的。妈妈在家的时候，你通常连袜子都找不着，可是我们都不在家的时候，你却在帮我找冬衣裤。我到现在都还不肯相信你会变成一个如此细致的男人。

可是想想，当一个男人成为一个父亲，不管他曾经是多么卑微渺小，当他面对孩子时，他就可以成为一个伟人；不管他曾经是多么粗枝大叶，当他为孩子付出时，他就可以细致得像一只辛勤觅食的蚂蚁。

爸爸，对我来说，你就是那只细致的蚂蚁，你就是那个可以撑起我天空的伟人！

只做你的私房钱

颜小慕

其实我一直以为你是快乐的，有个温暖的家，丈夫在外努力工作，女儿也很听话，看起来其乐融融。没有想到你会有那么大的悲伤，就像是突然发现的泉眼，瞬间无限悲伤喷涌而出。

那天是你的生日。40岁了，按照我们这儿的风俗，是个大生日，你如愿以偿地让爸爸为你过了场蛮大的生日宴会。那天的你一直笑得很开心，笑得眼角的鱼尾纹和嘴角的弧度都那么张扬。美丽的皱纹在你已不白皙的脸上开起了一朵美丽的花，仿佛40岁的你，又回到了梳着两个麻花辫的纯真年代。

那天来了很多你年少时的伙伴，她们大多雍容华贵，衣着光鲜。后来大家结伴去了KTV，即使你再三地推辞，作为寿星的你还是得上台去做你最不擅长的事——唱歌。这又为你带来了人生难以遗忘的欢愉——不爱唱歌的爸爸主动跟你合唱了你们年轻时那个年代很缠绵的情歌，我看到你的脸颊悄悄地爬上了满天红霞。哟，还害羞了呢！

你大口大口地喝着酒，脸上爬升起的，是酒醉后泛起的红光，这透着兴奋的红光逐渐驱赶了原本淡淡的粉红。你们跳着"探戈"，跳着"迪斯科"。

回家的路上，我的车后座坐着已经酒醉后的你。你摇摇晃晃的身子让我很不安，你却一直趴在我的后背上轻轻地说："你慢点，慢点。"那夜的星空好美，星星都出来探头探脑地张望，月光铺在马路上，有很好看的银色。

我们到家后，客厅是漆黑的一片，你不顾我的阻挠，一定要到门口去等候还没有到家的爸爸。看着你摇摇晃晃固执向前的背影，我突然间发现了你和爸爸之间20年恩爱的感情。20年——搪瓷婚，有着非常美丽的英文名——China wedding。我多想看到，即使你们额上的白发越来越多，你们还会像是模范夫妻一样手牵手地踏着夕阳去散步，一起去细数时光，你们将共同迎接银婚、珍珠婚、金婚还有钻石婚。

爸爸到家后，你安顿好爸爸，然后独自坐在客厅里发呆。客厅里静得可怕，只有大钟还在滴滴答答静谧地走着。我看见你满脸的泪痕，发了慌问你怎么了。你突然像个受了委屈的孩子呜咽着说，你那些少年时期的朋友们告诉你她们有多少多少的私房钱，为了弥补她们已经逝去的青春，为了以后的生活存储的"军饷"，而你却什么也没有为自己留下。我轻轻地拍着你的背，一时间竟不知道该怎样安慰你。

20年，你把所有的青春耗费在供养这个家里，你把所有精力都用在跟柴米油盐酱醋茶打交道。然后才发现，留在身边的，为自己的将来作打算的，却是空空如也。那种巨大的落差感一下子异军突起，直接攻击着心灵里最柔软的地方。

第一次看见你哭泣的模样，看见你坚强背后的脆弱模样，也直接攻击了我紧绷的神经，我的喉咙里倒流了一股酸涩的液体，悬在半空之中，空荡荡的，令人难受。我抬起头看着你，然后才明白，这20年来，你创造出来的最伟大的结晶就是你现在紧紧拥抱着的女儿。

那时候的我能如此清晰地了解到你内心的感受，那时候的我只想着将来要赚好多好多的钱，让你也有自己的金山、银山。正如落落所说的那样："不要跟我说什么金钱替代不了感情的蠢话，心里的感情已经多得再不释放一些它们就要郁结成块了。"我多想用大把大把的钞票，把商场里你反复抚摸过很久又放下的化妆品全部买回。不，我要买的，是比这些两位数的护肤品还要贵上好几倍的产品，是那种单看标价就可以让周围的人合不拢嘴巴的产品。那样的话，我就可以靠自己的能力把你打扮得光鲜亮丽，让你又恢复原来年轻的光彩，让你比周围的妈妈们都要漂亮很多。

至少我是这样期盼的。所以，亲爱的妈妈，你早已在不经意间存储了比任何人都要多的私房钱。也许不仅仅只有落落所期许的百万元那么多，因为我希望多一些，再多一些，可以让我来保护你，来爱护你，一直到你80岁、90岁、100岁……那样的话，你什么都不用发愁，因为你有个存储了17年的、比什么都珍贵的价值连城的宝贝。

因为我，是只属于你的，私房钱。

写给亲爱的你

果 农

他给母亲

2010年5月9日，那个特殊的日子。

下午没课，塞上耳机走在难得放晴的好天气下，突然看见一个皮肤黝黑的小男孩骑着庞大的自行车费力地向前踏。他在摩托车修理部门前停下，手里拿着包装简单的3朵花撞到欲要出门的女子，然后很严肃、很认真地将花送过去。其余的情节就不晓得了，因为我加快了脚步。

我伸出手兜住阳光，眼睛有点湿润，内心里那些小小的感动被暴露在阳光下一览无余，但很快又被路上来来往往的人群与车笛声湮没。耳机里传出的轻扬音乐不再那么明快。我有种想哭的冲动，抬头望望天，阳光还是那样温暖……

她给姑姑

1点钟到画室，看见她在椅子上画水粉。我问她为什么不画头像，她说今天是母亲节，给妈妈画幅画作为节日礼物。

哦，又一个送母亲礼物的孩子。

当她把画给姑姑看时，我也嚷着要看，可她却把我拉住，脸上写满了羞涩。姑姑看过后的举动有些出人意料，没有我想象的兴高采烈或是莞尔一笑，反而坐到沙发上抽泣起来，哭得像个孩子。她碎碎念地和我讲："你们马上就要去进修，家里就要剩下我一个人了。这些天我一直心烦，一想到你们要走我就难受……"

我想上前抱抱她，轻拍着肩膀告诉她，其实我们也舍不得你。但我没有，因为我怕自己也会控制不住哭出来，然后泣不成声。

我想哭，抬头看看天，阳光依旧温暖人心……

我给亲爱的你

书上说：家长想念子女就像是流水一样一直流，而子女想念父母就像风吹树叶，风吹一下就动一下，风不吹就不动。

的确，我理所当然地、贪婪地、肆意地挥霍着、享用着你对我的爱。我像个孩子一样依赖你，可人的长大只需要一瞬间，或许因为一件事，或许因为一句话，或许因为一个人。那么我想我已经长大了，因为你。

你知道吗？你的气质让很多同龄女子羡慕，也是我一直骄傲的。所以你要快乐，你还没老，岁月对你仍是偏爱。

你知道吗？每次你和我唠叨，对我发火，虽然我表面和你贫嘴，对你不满，其实内心里是很享受、很温暖的。因为至少有人爱我、关心我。

一想到进修要离开家，内心就夹杂着一些难以摆脱却又无法言喻的忧伤。从来没离过家的我，怕因为想你而买张票跑回家看你，怕你也因为我的离开而感到孤寂。

但我知道你很坚强，我也很理智。我知道你充满爱的瞳孔里只有我。所以，亲爱的你，一定要好好照顾自己。

很遗憾这些话没有在母亲节那天对你说，因为我不会说那些感性的话，因为我没有拿父母的钱给爸妈买礼物的习惯，因为我想用特别的方式表达这份感情，但愿你能看见这份迟到的礼物，希望你可以在想我的时候拿出来看看我为你写的这些话……

尾色音

本来想让你做女主角，费尽心思和笔墨为你一个人写。可是我想让大家都知道，其实子女都是爱父母的，只是表达的方式不同。我想告诉你，真诚地、恳切地、感动地告诉你：从你把我带到这个世界的那一刻起，你就不再是一个人了，亲爱的，你很幸福，因为你有我……

050

美女，我爱你

武楠

美女：

你现在应该是快乐的吧？

这么多年来，这应该是我第二次给你写信吧？第一次好像是在哪一年的妇女节，那时的我是那么小，学电视里的广告，给你写信，然后把信偷偷地放到你的粉盒中，自己则藏在门后看你的表情。那天你看完信就哭了，冲花了刚刚化好的妆。

如今，我已站在十几岁的尾巴上。那些过往的岁月，如滔滔的黄河水般，一去不复返。

我知道，你很爱我，一直都知道。

我曾经对你说，你爱的那个男人给过你很多，可你最感激的是他把我赐予了你。所以，曾经的日子无论多么辛苦，你也从没埋怨过。

可我却从没告诉你，因为有你，所以我从没抱怨过没有坠着流苏的裙子和镶着水钻的发卡。我明白，你的那个男人把你们所能给我的毫无保留地给了我。而我也一直在努力，我想用自己的努力，给你们创造一个不用如此辛苦的未来。

岁月荏苒。你的白发如同我的青春年华一般疯长。

如今，当你用昂贵的眼霜来遮盖眼角的鱼尾纹时；当你用紧绷的塑身服来矫正自己已显臃肿的身材时；当你在镜子前，用手轻触自己脸上的肌肤，感慨岁月不饶人时，我在你的身后，那么悲伤，却又那么无能为力。

于是，慢慢地，我开始叫你美女。

每次我用这个称谓叫你时，你总是无奈地笑笑。你也许认为，正处在青春期的我，因为叛逆，不愿把你放在长辈这个位置上，而是想从你那儿得到平等。

是的，美女，你猜得没错。我想，如果你不是我的长辈而是我身边和我一起成长的那群女孩子，是不是就可以和她们一样，拥有年轻的脸庞与动人的笑颜？再也不用那层层的化妆品来遮盖日渐黯淡的肌肤。

可是，十几岁的我也是那样的粗心，那样的口无遮拦，在和你赌气的时候，也会不计后果地叫你"老女人"。可是，在看到你瞬间黯淡的眼神的那一刹那，我心中所有的怒气都烟消云散，只剩下满满的心酸，逆流成河。

所以，美女，请你相信，我再也不会用那样的字眼来形容你了。因为，在我的心中，你是如此的年轻美丽，即使是海伦也无可比拟。在这个世界上，你是我独一无二的美女。

美女，对于我曾经的任性，你是否可以原谅？

美女，记得熬夜不要到太晚，因为那会伤害到你的视力和你的美丽。

美女，记得不要再因为那个男人的坏脾气而生气。不管他的脾气有多坏，他还是和我一样爱你。

美女，记得每顿饭都要按时吃。保持身材固然重要，可对于我们来说，你的健康永远是第一位的。

美女，记得照顾好自己。

美女，今天不是母亲节，也不是你的生日。我没有康乃馨，可是我依然要说：

妈妈，我是真的真的很爱你！

爱你的女儿
于某年某月某日晚

谢谢，我爱你

苜浅眠

如果我说，我不羡慕小麦有那样一个长得漂亮，学习又好，亲密无间的姐姐，大概谁都不会相信。

的确，拥有那样的一个姐姐，该是一件多么幸福的事情啊。当自己烦恼的时候，有一个能够信任的倾诉对象；当自己寂寞的时候，有一个可以消磨时光的玩伴；当自己遇到不会的理科题目时，有一个免费的"家庭教师"随时辅导自己；即便是在逛街的时候遇见熟悉的同学，也能够骄傲地挽着姐姐的胳膊在别人羡慕的目光里离去……

可是，你相信吗？当我想起你的时候，我的内心也盛满了幸福与骄傲，不需要任何去羡慕他人的理由。对于我来说，你是一个非常特别的存在，让我每次想到你的时候都会忍不住想要感谢上天。我是何其幸运，在这16年的岁月里，一直有你相伴。

你告诉我，你的童年虽然没有经历过什么磨难，但也没有得到很多的关爱。一个人的时光总是寂寞的。所以，从我出生的那一天起，你就告诉自己，你要让我快快乐乐地长大，好好地爱护我。虽然你的记性不够好，但是在这接下来的十几年里，你从来都没有忘记过自己最初下定的决心。

我知道和我这样一个任性又固执的小孩子相处，该是一件多么艰难的事情，明明知道不是你的错，却会无端地迁怒于你；明明知道你每个月只拿微薄的薪水，却依然任性地让你给我想要的一切；明明知道撒谎不是好事情，却抓住你的软肋让你帮我圆谎；明明知道你也应该拥有自己的空间，却在每一次寂寞的时候要求你随传随到……明明是这样讨厌的我，你却用你的宠溺时刻包容着我。

你这样爱我，我该怎么办呢？

我错失过很多次回报你的机会。

每年的生日，我总会收到你精心准备的礼物。即便是平时，只要是我想要的，你也会毫不吝啬地买下来送给我。可是在你生日的当天，你不仅没有责怪我没有送你任何礼物，还请我吃许多好吃的东西。

每次拿到稿费，我都会说我要送你一件像样的东西。你笑着说不用，要不然就是让我请你吃很便宜的麻辣烫，结账时却依然是你付钱。

你告诉我要好好学习，快快乐乐地生活。你的要求是这样简单，我却时常满足不了。

虽然我知道，你是不会在乎这些的，可是我不仅没有为你做过什么，还曾经伤害过你。但你从未在我面前提起过那件事，我也没有说。但这件事情一直积压在我心里，让我每每想起的时候都羞愧难当。直到现在，我依然没有勇气将它说出口，还有那句早就该对你说的"对不起"。

没关系。我知道你肯定会这么说。在你的心底，也一定早就原谅了那个年少无知的我。

谢谢你，在我无助的时候给我力量；谢谢你，在我成功的时候为我喝彩；谢谢你，一直以来支持着我和我的梦想；谢谢你，无时无刻不给予我爱和阳光；谢谢你，告诉我你很爱我；谢谢你，我最亲爱的小姨！

即使你没有一份稳定的工作，即使你的精神不够充实，即使在别人看来你平凡且渺小，可是在我心中，你是全世界最伟大的小姨！没有人比你更优秀，更善良，更漂亮，更温柔……我会永远爱你，就像小兔子对妈妈的爱一样，飞到月亮再绕回来！

亲爱的，生日快乐！

听妈妈的话

管文琳

一

现在是0点8分，窗外的夜空一片沉寂，连星星也进入了甜梦中。夜风还不肯歇息，在城市的各个角落乐此不疲地穿来穿去，留下秋末的凉意。偶尔拖着它那长长的尾巴扫过房间里纯白色的轻纱落地窗帘，再轻轻擦过我的脖颈，很冷。

MP3里，Jay正唱着《听妈妈的话》。我把MP3设置为"单曲循环"，一遍一遍地听。床头的公仔带着不变的微笑，静静地陪着我。那只公仔很旧了，它是我小学四年级时妈咪送给我的。你看，我现在都高二了，还舍不得舍弃它，总觉得它身上有妈咪的体温和味道，那种感觉给了我莫名的暖意。

从小到大都叫她"妈咪"，就是不叫"妈妈"或"老妈"。"妈咪"听起来比较亲切，而且感觉年轻一些。她是我在这个世界上最亲最爱的人，我舍不得她变老。偶尔很哀伤地瞥见她脸上淡淡的皱纹，会在心里很恨自己把她的黑发染上丝丝银光。

二

妈咪的婚姻一路坎坷，和老爸小吵小闹地过日子，偶尔大吵大闹。我知道妈咪过得挺辛苦，也很委屈，反正就是不快乐，可是她依然坚强地面对生活，用自己的心爱着她的两个孩子，不让他们过得不开心。我很没用，帮不了她什么，只能拼命地努力，用好成绩来换她的浅浅微笑。

妈咪和老爸也有过花前月下的浪漫，那种甜蜜让人羡慕，也短暂得令人感伤。15年前的今天，老爸在上海出差刚回来，手里捧着一个大大的生日蛋糕。那时候，蛋糕是很稀有的东西，在我们这个不起眼的小城市根本见不到，更别说买了。老爸为了给妈咪一个惊喜，特地赶回来为妈咪庆祝生日。因为蛋糕太大了，一路上老爸不得不捧着它。甚至在回来的飞机上，老爸连觉都不睡，就为了不让蛋糕不小心被撞到。

我第一次听到老爸讲这段动人的插曲时，泪水立刻染红了眼睛。如果不是从男主角的口中说出，我怎么也不会相信这么温馨的情节会是真的。这种幸福和他们现在的感情是那么格格不入，根本无法联系在一起。自我懂事开始，老爸和妈咪的感情天平就一直失去平衡，而且从没见过它平衡过。不是少了点信任就是少了点宽容，不是多了点误会就是多了点遗憾。听着他们曾经的童话，我只能纳闷，那份深深的感动为什么延续不到永远？曾经的美好真的就这么不翼而飞了吗？

我特别羡慕《中学生博览》"家庭调色板"栏目的文章作者，他们拥有着我可望而不可即的家庭温暖。大人们的世界我不懂，也不想懂，可是我很希望自己能找到一点安慰，然后轻轻地放在妈咪的心房里，让她感觉得到一丝幸福温存。

三

17年前，妈咪给了我生命。我想，我的第一声啼哭曾使她感到欣慰和感动吧！毕竟，我是她的第一个孩子。

妈咪说，小时候的我很可爱，很顽皮，很容易生病，令人操心。我想象得出，妈咪花了多大的耐心和精力教会我爬行、站立、走路，然后是一个人穿衣、一个人吃饭、一个人洗澡，然后是识字、算术、拼音，然后在很多个"然后"之后，我像个快乐的公主一样慢慢地长大。

可能因为我不是期待中的男孩子，抑或因为我不值得爱，老爸从不愿意多花一分钟在我身边。生病时，哄着啼哭的我入睡的，永远是比生病的我还难受的妈咪。我啼哭的声音再大，也吵不醒睡梦中的老爸。在童年里所能搜索到的快乐，统统与老爸无关。一路成长，只伴随着一种叫母爱的无私情感在无边际地蔓延，然后在心里的最深处一点点沉淀。

妈咪教我做家务，陪我捡贝壳，为我过生日，给我讲道理，让我享受她做的饭菜、织的毛衣……很多很多的快乐都是妈咪给予的。一切的一切在别人看来也许是那么平凡那么不值一提，但对于我来说，那是世界上独一无二的感动。

妈咪说，小孩子要听话，不要太淘气；妈咪说，小孩子要诚实，不可以说谎；妈咪说，做人要勇敢，要学会面对；妈咪说，做人要坚强，别做爱哭鬼；妈咪还说，长大后自己就会有一双懂得飞翔的翅膀，要有远大的理想，然后努力飞向梦想的彼岸……

我答应过自己，要听妈妈的话……

四

从2.7公斤到49公斤，从50厘米到163厘米，17年。打开往事的回忆，哗啦一声倾泻下来把我深深掩埋的，全都是妈咪浓浓的爱。我知道，妈咪为我付出了太多太多。我告诉过妈咪，我将来一定要赚很多很多的钱给妈咪花，妈咪当时笑得很甜。其实，我还没有告诉她，我不但要赚很多很多的钱给她花，还要用比她的爱更浓的爱去好好呵护她，不让她受伤害。

五

用支离破碎的文字记录支离破碎的往事，才发现有些感情真的用文字很难表达出来。

夜更深了，Jay还在唱着歌，公仔也还静静地陪着我。我忽然很想说，我爱妈咪。现在爱，将来更爱。

我一定要听妈妈的话，做个不让她操心的乖孩子……

其实我和你一样

他说，他最爱的人是她

她出生前有5个姐姐，所以当她破开嗓子号啕着向世界宣布她的诞生那一刻，他也差点哭了出来。他本是不喜欢她的，当她号哭时，他不愿抱她不愿哄她；当她趴在高高的门槛边用稚嫩的童声乞求他抱她出去时，他假装没看见……直到有一天，他的一个朋友来看他，朋友带了一个小男孩儿来，和她差不多大。她大方地来拉小男孩儿去玩，可没多久，小男孩儿就哭着跑了回来，脸上还糊满了泥巴。他看着她沾满泥巴的手，眼神倔强得像小兽，她仰起下巴大声喊道："是他先骂我爸爸是坏蛋的，打死我也不会跟他道歉！"那一刻，他心里的弦莫名颤动了一下。他想，小六和她的姐姐们真的不一样，有点像自己呢。那一年她5岁，从那以后，她发现他似乎开始爱自己了。在6个姐妹中，她是最高的，成绩也是最好的。于是村里人看见她都会说，喏，那就是老林家的小六，活脱脱个男娃娃，简直像极了她爸。

她每次听见这些议论都只是撇嘴低头走过，而他却乐得合不拢嘴。她是他最爱的宝贝。

她说，为什么我一定要叫林宝六

她始终不太喜欢他。因为"重男轻女"的思想在他心里根深蒂固；她觉得他小气暴躁，因为他总是动不动就对母亲或者姐姐们发火……

每当她坐在小阁楼里昏黄的灯光下读书时，都会想起隔壁家的大哥哥，她听过他抱怨不喜欢乡下这又苦又累的生活，于是他考上大学飞出了大山沟。她也想和他一样。小升初时，她终于如愿了。她的成绩是村里第一，镇上第二，于是她可以骄傲地高昂头颅去镇上的重点初中上学。

通知书下来那天，他捧着它比她还兴奋。他把家里的大肥猪杀了，摆了酒席请客，席上他被大家的酒灌得脸比火烧云还红。他听见大家的称赞，啧啧啧啧，就数你们家小六有出息吧，可比男娃娃还厉害呢。

他抚着她的头笑，声音很大，活像个疯子，他说，那是那是，小六可是我的宝啊。他的眼里闪着幸福的泪花，她抿着嘴站在人群面前，听见有人小声说，考了重点又咋样，还不是一个女娃。她以为他没听见，可当她还没回过神时就听见"嘭"的一声响，一抬头，看见他愠怒地望着对桌坐着的李婶。他说，我家小六是不是男娃老子都一样爱！

他坚持要送她去学校。她哭闹了很久不让他送。可是他就是那样固执己见，挑着她的行李，头也不回地走在前面。

到了学校她才知道他有多婆婆妈妈，他挤在人群堆帮她注册报到，他拿着单子东奔西跑，他挑着她的行李汗流浃背地带她找宿舍。自始至终她都懒得和他说一句话，直到他帮她铺好床，叮嘱完这和那后依依不舍地离开，她都没有软下心来去送他。

宿舍里的同学主动和她说话，喂，你叫什么名字啊？

她撇撇嘴说，林宝六。她听见大家小声的不算友好的笑。

那同学又问，那，那个一直站在窗外偷看你的人是你的……

带着猜疑的问句，她的自尊仿佛被狠狠刺了一下，也许她们是想问她"那是你的爸爸还是爷爷"吧？

她抬起头，看到他假装什么也不知道一样转过头去仓促离开，她的鼻子突然酸了一下，他的背影不知道什么时候变得佝偻起来，蓝布衣裳上还沾有泥土的痕迹，头发已经花白，他四十多岁，看上去那么苍老。

后来她才知道，室友是笑她土，笑她的名字以及她的爸爸土。她觉得自己怎么像个笑话呢？为什么我一定要叫林宝六！可是她不会知道他怕她和自己同样激烈的个性会吃亏，怕她在学校受欺负……所以他叫她宝六——被保佑的小六。

她说，你知不知道我有多恨你

自从开学第一天老师点到她的名字全班哄堂大笑时，她就决定以孤高的姿势俯视所有人。所以，她学习很努力成绩很好。没有朋友，她独来独往，总是昂着头一副骄傲得不可一世的样子。15岁那年，开始有各种各样的男生追求她。她总是从他们面前昂首走过，不屑地笑笑，直到初三末期，班里转来了插班生，叫许言。看到许言第一眼，她就听见心脏轻微爆破的声音，他长得真像小说里的男孩子，那样干净阳光，而且个性那样温和，对谁都是微微一笑的样子。

许言成了她的前桌，她那样小心翼翼地掩饰内心的欢喜，生怕被别人洞察。班内的同学渐渐发现，人际关系特烂的她对"人气王"许言有那么一点不同，连借块橡皮擦脸上都不会是一成不变的冷漠。流言开始飞扬起来，她本可以很冷漠，可是当她收到许言偷偷递过来的纸条时，心还是碎了。许言说，林宝六，我想，我们还是保持距离吧。三天后，她的前桌换成了别人，许言每次遇见她眼神都会躲闪，她突然觉得好笑，难道自己像瘟神吗？！

事情本是可以不发生的，如果不是那天天气太热许言突然流了鼻血，如果不是同桌阴笑着说"林宝六你的许言受伤了呢"，如果不是同桌那句嘲笑引起了全班共鸣，如果不是许言捂着鼻子气红了脸站起来吼"你们不要乱说话"……如果不是这样，她也不会一怒之下狠狠一巴掌往同桌脸上扇去……

他来接她时，阳光很强。他对老师点头哈腰，她回过头看到那些偷看的眼睛里的嘲讽，她收好书很潇洒地出门，所有人都看到她的坚强，可是没有人知道那一刻她有多绝望。

他追了出来，劝她回去和老师多求求情，好歹要中考了。她始终撇着嘴不说话，他来拖她的包，她终于忍不住爆发了，把包扔给他对他吼：你到底烦不烦啊，你没看见全世界都在等着看我笑话吗，你怎么那么懦弱没有自尊啊！

"啪！"他厚重的颤抖的长满粗茧的手掌还是打在了她的脸上，她咬着牙还是倔强地不肯流泪，她看着那长满皱纹的黑瘦的脸上，眉头紧紧拧在一起，他眼里的愤怒慢慢减弱。她看到他痛心的表情。他最终扛起她的包走在前面，扔下一句，好吧，回去帮我扛砖。她拖着步子走在后面，屈辱让她感到夏日阳光那么具有讽刺性。夕阳把他的身影拖得很长很孤单，她低下头，大颗大颗的眼泪砸在地面，她在心里说，我恨你我恨你我恨你……

他说，我只有一个宝六啊

15岁，是最叛逆最躁动的时光。她把书包扔进小阁楼的角落，赌气地想：好吧，我再也不要念书，再也不想飞出这破地方；好吧，我就在这破地方稀里糊涂凑合着过一辈子。

而他似乎根本不理会她内心的躁动，再没有教育过她或者劝她回学校认错。只是每天起早摸黑带上她去砖场扛砖，一天10块钱。虽是初夏，但一整天顶着三十来度的高温她还是有些受不了。有时她抱着砖头想，每天机械化地搬砖头，的确不如在教室里做一道有逻辑、有深度的数学题有成就感，可是她的倔强遗传得那么好，任肩上的皮肤晒破或者手磨出了泡也没对他哼一句。

五姐总是劝她，小六你怎么那么任性呢，就跟爸求个情跟老师认个错吧，谁都看得出爸对你期望有多大啊，你看从大姐到四姐谁不是没读几年书就被爸停学了？就剩下我和你了，我成绩没你好，估计明年也要退学了……你倒是努努力别让外人看笑话啊，你也知道别人怎么说我们家，说全是女儿没出息，可是爸每次都和他们争得面红耳赤，说："我们家小六比你家男娃有前途多了，次次拿第一，将来肯定考大学拿奖学金孝顺我，接我去大城市住……"

她吸吸鼻子打断五姐的话，说，行了行了别说了，他最喜欢吹牛。

五姐还是没有停的意思，说，爸是喜欢吹牛，而且还偏心，小时候你不知道我们有多嫉妒你……

他还是带她回学校了，她没有再拒绝。她想她会永远记得那个午后，她抱着沾满灰尘的书包缄默地低着头，那一刻她真想自己有一头长发可以遮住发烫的脸。她跟老师鞠躬说，对不起，但是是同学先诽谤自己，她拒绝道歉。老师的脸晴转多云，他连忙把手里的大袋腊肉往老师手中塞，一个劲地请老师原谅。他粗黄的手那么笨拙地和老师文雅干净的手纠缠在一起，他显得局促且窘迫，仿佛犯错的是自己。看到这里，她听见她在心里喊，爸，对不起。

她终是记得他那天下午带着哭腔对老师说的话，他说，"您要知道，我只有一个宝六啊。"他就是那样词穷，讲不出美丽煽情的话，尽管是简短的一句，还是准确无误地击中她的心脏。

她说，其实我们都一样

那一年她还是骄傲地考上了省重点高中，成绩是她唯一骄傲的资本。不知道是走过了青春的叛逆期，还是因为亲情的感染，她开始像一个柔软的女孩样，头发长了，柔顺地搭在肩上，她有了固定的好朋友，她开始学会微笑。

高三那年，他怕她寂寞，死活要跟来城里照顾她。此时他已是五十好几的人，身材越加佝偻，他的话变得少起来，也许是怕烦到她，怕她不喜欢，他在学校旁租的小房间里，拿着菜谱学做营养的饭菜等她回来。她有时看到他骨瘦如柴的身影在火炉前忙活时，鼻子就偷偷酸了。她想，她越来越懂得了"父亲"这个词，不是一首华丽的诗，却是一支无词的曲儿，在成长的路上，与她一路相随。

062

她终是考上了重点大学，在北方的美丽城市。他坚持要送她，比考上重点初中时送她去学校的决心还要坚决。这次她没有拒绝，只是理解地看着他忙进忙出。母亲打趣说，你爸越来越像个执拗的孩子了。

他挑着她的行李，路过七邻八舍，家家户户都出门来打招呼，笑着说，老林，你家老六可真是你的骄傲啊。他昂起头来，雄赳赳气昂昂的模样，说，那是，一直是重点苗子，比你们家男娃都强吧。邻居便笑呵呵说，那是，那是。

她没有再阻拦他吹嘘，她想，他如果永远这样快乐该多好。

下坡时他差点摔跤，因为前一天刚下了雨路很滑，而且他一直都太兴奋，他挑着担子滑了好几步，裤脚全是泥，嘴上却还是乐呵呵地笑个不停。她回头说，爸你慢点啊。他说，知道知道，走起路来还是歪歪扭扭让人提心吊胆。她看着他有些滑稽的样子，眼角还是湿了，她想自己当年多么不懂事，多么嫌弃他的种种，可他却那么固执地爱着自己……

在大学里空闲时间多了起来，她开始写些文字来打发时间，她开始回忆和他在一起的点点滴滴，用文字记录下来。看着那些字，心微微暖起来，有时还会柔软地疼痛起来。

冬天的时候，她给他和母亲寄去用稿费买的棉衣还有一本杂志，她想着又厚又大的棉衣裹在他瘦削的身体上，而他喝着酒大着嗓门笑呵呵，脸红通通的样子一定可爱极了。可是母亲打来长途电话，说，小六啊，你写的啥东西啊，你爸又被你搞哭了。

她才想起那本杂志，写了一篇关于他的文章，她想象着隔壁家的小孩捧着杂志在他边上念，他叼着烟杆听着听着就哭了起来……其实她也想哭啊，在北方的城市，她突然那么想他。

那篇文章的题目叫《其实我和你一样》。

爸，其实我和你一样，把你当作我最幸福的骄傲。

我的霸霸和麻麻

哒　哒

一

我在家算"老三"，这是好听点的说法：难听点的说法就是我是一个服从者，完全没有话语权，除非我家老大、老二出现了分歧，他们才靠我来决定。每当那时，我就觉得自己是个老大。那时的我，据我家二老回忆，是相当的"臭屁"……在此说明一下，我家两位老大就是"霸霸"和"麻麻"，顾名思义，就是"霸道"和"麻烦"的代名词。可想而知，我生活在一个什么样的环境中——"水深火热"啊！

二

早在上幼儿园的时候，我已经具备了一个馋猫的特征——好吃懒做，且小姐脾气十足。按照霸霸的说法，我就是"没事找抽型的"，为此他没少打我。但据"史料记载"，霸霸和麻麻一直都是那种为培育祖国"花朵"而努力奋斗的和蔼可亲的"园丁"，可是为什么我在他们身上却根本找不到"和蔼"的气息？是我的嗅觉有问题吗？

三

有一天早上，幼儿园"园丁"把粥粥端来了，恰巧那天早上我忘记吃一个果果再上学，有些饿，于是我没等送饭的"园丁"同意，就自作主张先盛了一碗，先下手为强嘛。就在我将那个装满粥粥的瓢瓢从装有许多粥粥的桶子中"解放"出来的时候，意外发生了——我手一抖，那瓢瓢中的粥粥乖乖地根据牛顿的万有引力定律垂直向下掉落，恰巧落在了我的大腿上。立时，我的大腿上凸起一片片泡泡，有些女生已经吓哭了。我望着那些泡泡，马上想到的竟然是怎么向霸霸隐瞒实情，因为霸霸每次吃饭之前都要对我说一大堆关于浪费粮食可耻的东西，并且吃饭的时候要小心，不能让饭掉下来，要不然就会遭遇他的一顿巴掌外加麻麻的数落。那个"园丁"马上将烫伤的我送去医院，一路上我竟然没有哭，反而问那个"园丁"可不可以不要告诉我霸霸，弄得那个"园丁"哭笑不得。"园丁"抱着我去急诊室，还一直安慰我，叫我不要紧张。很快，我的霸霸和麻麻就赶来了，搞得我郁闷了很久，为什么她们要告诉他们呢？我后悔在走之前忘了告诉其他"园丁"不准告诉我霸霸和麻麻。奇怪的是我那凶凶的霸霸竟然没有骂我，还一直很和蔼地问我有没有事。从那时候开始，我相信史料记载的东东了，确信霸霸真的是和蔼的"园丁"了。我的大腿上留下一个大大的伤疤，挥之不去。在那以后，每当我被霸霸打的时候，我就看看我的伤疤，告诉自己，史料记载我的霸霸很和蔼，我要相信史料。

话说那个"园丁"，因为是她抱我去的医院，我一直很感激她。后来，据我麻麻说，我那时候一分医疗费都没有拿到，因为我连两岁都没满就上了幼儿园，根本没有资格。而且那是一家私人幼儿园，也是一个刚刚开张的幼儿园，资金有限，所以我的医疗费都是我霸霸和麻麻补上的。出了院之后，我发现自己的地位发生了很大的变化，幼儿园的"园丁"们都开始很关心我了，我在小朋友中的地位也有了极大的提高。忽然我明白了一个词语——物有所值。但是，我家的伙食有一段时间都差了好多，搞得我觉得自己从一个爱吃肉的小老虎成功地转变成一个小白兔了。

四

我的霸霸和麻麻都是语文老师，可是在初三上半学期，我的语文可以说是差得一塌糊涂。麻麻很着急，天天晚上都要给我上10分钟思想品德课。

有一天，我实在受不了了，就对麻麻说："麻麻，我认为我的语文是没希望的啦，你看看，每次人家考试的成绩都很差啊。书上都说一个老师教什么科，他的孩子在那科是不会怎么出色的啊，我努力在其他科将分数追上去好了，您就不用天天给我上思想品德课了吧。"麻麻立刻使出了她的"河东狮吼"，数落了我一顿，说什么是我自己不认真，怪不得父母，搞得那天的思想品德课又延长了20分钟。事后我很后悔，为什么要跟麻麻说这些呢？不过，我也不是完全没有收获，我又学会了一个成语——自讨苦吃。

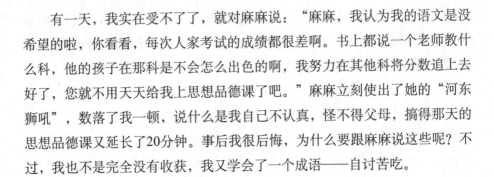

五

我霸霸虽然很凶，但家里还有比他更凶的人，那就是我啦，没办法啊，染色体可以将老一辈的性情遗传到下一代，而且青出于蓝胜于蓝。在我初三之前，我和霸霸吵架，每次都是我被霸霸打得晕七晕八的。但我只是暂时被打败了，过一会儿，霸霸就会过来对我说教，这时候我的责任就是赞成霸霸的意见，顺便加上"霸霸，我错了"这几个字，战争结果从我暂时被打败变成和平而终。此后我们家就会有一段和平时光，这段时光就是我麻麻的休养期——每次我和霸霸打完一架后，麻麻都会不舒服两三天。那时候，家务事就落到我和霸霸身上啦，而且我还要用很快乐的声音唱着："啦啦啦，我们是快乐的劳动者。劳动人民最光荣。"这几天是我麻麻最开心的日子——有人帮她做家务，而且任何事都要以她为中心，绝对不能有逆她的意思，否则她又会将陈年旧账全翻出来。

后来我一直在寻找一个方法：既可以免除霸霸的巴掌，又可以不用帮麻麻做家务，最后发现只有牺牲自己——每当霸霸发起他那特有的"无敌霹雳+爆炸"脾气时，我就会低下头不说话，做乖乖小孩状。每当这时候，霸霸只会说我几句，巴掌就不会再落下来了。那时候我总感觉麻麻很郁闷，大概是因为没有人帮她做家务了吧。

六

　　我麻麻经常看报纸，也知道了一些娱乐资讯。每当电视里出现某一个明星，麻麻总能说出那人的某些八卦。然后就轮到我和霸霸出场了，我俩只要用佩服和惊讶的眼光望着麻麻就OK了。我总觉得麻麻这时候是最美丽动人的，因为她知道好多我不知道的八卦。有时候，麻麻还会与我争论哪个明星最帅。每当我们两个争得面红耳赤的时候，麻麻就会叫霸霸来裁决，通常霸霸会站在麻麻一边的，而我又会回到那个做"老三"的时候。唉！郁闷啊，那时候我总觉得我霸霸很没用，然后心中就在骂：切，你们都是没有品位的，特别是霸霸，麻麻说什么就是什么，怎么不见你这么赞同我啊？

七

　　中考后，我窝在家玩了好多天，而且郁闷得要死，总感觉自己的成绩会很差很差，每天都哀叹连连。

　　知道我的成绩和排名之后，霸霸和麻麻就立刻行动起来，打电话告诉这个，发信息告诉那个，仿佛不是我而是他们考高中。特别是麻麻："喂，你是×××吧，我是×××。你孩子考了多少分啊？……哇，不错啊，有进步啊……啊？你问我孩子啊，唉，差不多也是这个数，就是×××分……哈哈，一般一般啦，我也没想到她可以考这么高分……对啊对啊，……哈哈，一定请客的啦……嗯嗯。先挂了啊，bye！"类似上面的话，我麻麻都不知道重复了多少遍，起码我一个上午都是听着这些内容做事的。

　　我相信大家看出来这个霸道的霸霸和麻烦的麻麻是谁了，对啊对啊，他们就是我的爸爸妈妈，他们和我组成了一个和谐快乐的家庭。我们一家三口在这个家中，将小日子过得滋滋润润的。虽然只能算衣食无忧的生活，却乐在其中。

　　霸霸麻麻，我愿意每一辈子都做你们的女儿。

晴 天

安 诺

妈妈，谢谢你陪我走过了那一段没有阳光的青春……

我是一个很安静的女孩，不喜欢说话，不喜欢结交新朋友，习惯坐在有阳光的午后的操场上看安妮宝贝的和雪漫姐姐的文字，唱王菲的歌曲。

其实以前我并不是一个这样的孩子，那个时候我也很顽皮，也和其他同龄的孩子一样爱玩爱闹，也会用很夸张的语调对着阳光大笑着喊"天妒英才"。想想那段时光，似乎甜蜜得要将太阳化掉，又仿佛穷尽了我一生的快乐。

直到生命中那场挥之不去的连天烧的大火，带走了4个很善良的邻居和我这一生最爱的男人——我的父亲。

我还来不及去想没有爸爸我该怎样去独自面对生活时，他就已经离我而去了，现在我只剩下妈妈一个亲人。

她搂着我的肩膀说："小诺，咱娘俩儿好好生活，你爸他耳聪目明地在天上看着呢！"她说，"再苦再难，咱都得把日子过下去。"她说，"小诺，咱俩必须得好好活着，咱们不能让你爸走得不安心。"她还说，"小诺，你要相信妈妈有能力让你过得不比别人差。"

我妈妈是一家小有名气的报社的编辑，她可以给我丰衣足食的生活，可以让我住宽敞明亮的房子，可以让我接受良好的教育。正如她所说的，她可以让我过得不比别人差，可是她没办法还给我一个爸爸，所以我的生命注定是残缺的。

现在已经是11月了，虽然是南方，天气也已经很冷了，越来越多的人开始穿上高领毛衣和花花绿绿的棉袄。我看着柜子里叠得整整齐齐的秋衣冬衣，决绝地转移了目光。

我宁愿冷，只有这样才可以掩饰我心中的冷。

妈妈心疼地抚摸着我的脸说："小诺，你不要这样对待自己。"我笑了笑，拿掉她的手说："我没事，你知道的，我已经习惯了寒冷。"语气中也透出深秋的寒意。

说完，我转身离开。

半晌，我听见她说："对，安诺，你一直习惯寒冷。自从三年前你父亲去世后，你就一直习惯了寒冷。"

我站住，瞬间泪如雨下。

我承认三年来我一直忘不了那个在火灾中死去的男人。

对不起，妈妈。我知道你很爱很爱我，是我自己太自私，从来都不肯给自己机会让你来靠近。我一直固执地以为我心中那个最柔软的地方是永远属于父亲的，所以不允许有人来侵占，就算是你。

我擦干了眼泪，决绝地走掉，听到身后一声长长的叹息，很轻很轻，轻得让我有理由怀疑那是否真实。

晚上，我照例打开电脑收发邮件。刚一打开，就有一封新邮件出现在我的眼前，那是一封来自妈妈的邮件：

小诺，每个人的生命都不可能十全十美，当一些美好离我们而去时，我们要做的是去寻找新的美好，而不是沉浸在往事中不能自拔。

其实妈妈在11岁的时候你外婆就过世了，那个时候妈妈也犹疑过，彷徨过，不知道前面的路要怎么走，该怎么去面对那一场意外。可是当时间将伤口逐渐抚平之后，一切都风轻云淡了。

我知道爸爸的死对你打击很大，因为妈妈也有过切身之痛，所以能理解你。我想时间是一剂最好的药，它会慢慢将你的伤口治好，只是没有想到会是如此漫长的一段时间。

三年了，这三年来你一直蜷缩在自己的角落里，抗拒着整个世界，可是换回来的是什么呢？

小诺，不要为了一朵已经颓败的玫瑰而放弃了整座花园，我想你父亲也不希望看到你这个样子的。他也和我一样希望你可以开心地生活，希望你会像以前一样快乐地笑。

……

我的泪早已模糊了双眼，低头去擦的片刻，键盘上那一片片斑驳的液体深深地刺痛着我的眼睛。

我有泪又掉了下来。

我想起在一个个静寂的夜晚，妈妈一个人在被子里压抑着声音低低地抽泣，而我却用被子蒙住了头沉沉睡去；我想起在某一天的凌晨4点钟我起床去喝水，看到妈妈坐在电脑前，脸上挂着两条淡淡的泪痕，看见我，她慌忙地用手擦去泪，微笑着告诉我说刚刚滴过眼药水；我想起那一次路过她的报社，看到她身边的女伴被一个个温情的男子接走，她一个人撑着雨伞站在门外像一朵盛开在悬崖边的野百合，冷艳而寂寞，而我则侧过身子悄悄地走掉；我想起那次去她的房间拿钥匙时，看到她的电脑没关，上面是她的聊天记录：

"阿含，你要好好考虑一下，罗文这人真的不错。"

"是不错，所以他要找一个比我好的人，好好地去爱他。"

"你为什么总是拒绝呢？"

"习惯了一个人生活。"

"是因为安诺吗？"

"算是吧，她还不肯接受她父亲的死，又怎么会接受另一个父亲？我不想让她为难。"

"可是这样太委屈你了。"

"我不委屈，小诺一直都是我的骄傲，是松的全部希望。她太容易受伤了，所以我要保护她，直到她有能力去面对所有的风雨。"

……

阿含是我妈妈的名字，松是我的父亲。

那一刻我不是不感动，可是一颗麻木了太久的心，又怎会因那一次小小的意外而获得重生呢？

我替她关上电脑，然后悄悄地出了房间。

如今，当这一切往事排着队似的一件接一件地蹦出来，在我的视网膜上形成的大段大段的回忆让我的眼睛又干又涩。原来我的母亲，那个有着高贵气质、漂亮容颜和我生活在同一片屋檐下，却陌生了整整三年的女人一直站在我身边，默默地用她并不宽厚的双肩为我承受着压力，用她并不强壮的身躯为我抵挡着所有的风雨，并且用她所有的热情与爱来融化我心中坚固的冰墙。

可是我呢，正如她所说的那样，躲在自己的角落里抗拒着整个世界，除了那一段关于父亲的痛苦往事我什么都没有得到。

想到这些我的心便会隐隐地疼痛，为自己的心荒芜了整整三年而疼痛。可是，那些都过去了，那本该让我恣意绽放的三年青春就这样倏地过去了。现在，是该我彻底走出围城的时刻了吧！

当我的泪终于不再汹涌而出的时候，抬起头看到那一片璀璨炫目的星空，我知道明天会是一个大晴天。

第二部分 你就是那只细致的蚂蚁

关 于 爱

黄杏杏

妈妈：

翻着日历，不知道为什么，突然就想起来好多事情。剥落的记忆一件件地翻晒出来，似零碎的花瓣，却气息依旧。

最先想起来的是你的严厉。

那时候的我总是扎两条长长的羊角辫，穿干干净净的格子裙，是个惹人喜爱的小姑娘。每次你同事摸着我的大脑袋问我，爸爸妈妈你更喜欢哪一个时，我都忽闪着眼睛乖巧地说，一样喜欢。

旁边的你听后，就笑得相当开心。

没有告诉过你，其实那时的我着实是更喜欢爸爸一点的。原因很简单，爸爸长得很帅。大概小孩子都喜欢外表亮丽的事物。

于是小时候的我就总喜欢跟在爸爸屁股后面，听到别人说我长得像爸爸时，爸爸笑得眼睛都不见了影。喜欢爸爸勾着我的鼻子，教我下棋、打牌；还很喜欢爸爸每个晚上买回来的装在透明塑料袋里热气腾腾的小笼包。

一个家里总有白脸、红脸的角色，那么凑巧地，你恰恰扮演了不讨好的那个。你总是有很多规矩：不准我吃糖果，不准吃饼干，不准吃煎炸食品，不准太迟回家，不准乱花钱，不准看太多电视，不准太晚睡觉……以致后来好友在宿舍惊讶地大叫："不吃饼干不吃糖果，你确信你是人？"

你怕爸爸宠坏了我，每次我要买布娃娃，你总是眉头轻皱：家里不是已经有很多了吗？

是的，你不准我铺张浪费，不允许我和同学攀比。因为从来你都是一个很节俭的人。小的时候，家里生活还很困难。住旧屋，四楼。五十来平方米的房子，灰黄的墙壁，一发洪水楼下就会被淹，家里没什么家具，就连那台19英寸的黑白电视机也是后来才买的。印象中每次我大口大口地嚼着鱼肉时，你都在旁边看着我笑，拿着筷子只夹青菜，然后像所有电影里的妈妈一样，骗我说妈妈不爱吃鱼。

你不太喜欢忆苦思甜，但偶尔也会给我说你和爸爸以前的故事。淡淡的语气，不经意地讲述。爸爸是通过林珍姨才认识你的，于是后来有事没事，他都跑去林珍姨那里蹭茶水喝，然后"顺便"和你搭两句话。可是，奶奶却不大同意这门婚事，结婚要用的物品也没给爸爸准备。即使结婚后，她也始终对你不冷不热。你没说什么，依然做着自己应该做的事，不埋怨，不计较，因为你从来就是一个坚忍朴实的人。而现在我相信，无论是爷爷还是奶奶，嘴上不说，但心里肯定知道，你绝对是家里最明事理的一个媳妇。

有时候我们一起看旧相册，你会指着其中的一个年轻女子笑着说，她以前喜欢过你爸爸呢。爸爸有时候还会在旁边"欠扁"地接上一句：是你爸爸眼光不好。

幼儿园里年轻的音乐老师很喜欢我，她教我唱歌、跳舞，带我上台演出。她跟你说，女孩子应该学学手风琴、电子琴，长大一些就容易学钢琴。就这样，电子琴、手风琴你都给我买了。然后每个周末的晚上，你骑车送我去老师家里单独辅导。

练琴的时候，我的小指总要不自觉地翘起来，老师生气地用笔敲，你站在一旁看，也不作声。我要和小朋友去丢沙包玩耍，你又是皱起眉头：不行，练完琴才能玩。

曾经有一段时间，我恨透了那架小小的电子琴。弹烦了，就用力地跺地板，发泄心里的不满。你也生气：这点苦都吃不了，以后自己外出怎么办？

这样断断续续地学了几年，终究没有坚持下去。你叹叹气，也不再强迫我。现在回想起来，略略地遗憾。心里想着，或许，如果当初你再凶一点儿就好了。毕竟，弹得一手好琴，是很多女孩子的梦想。以前的音乐老师常夸我有灵气，我却没有好好珍惜这份天赋。高中选了物理，在理科班里埋首于数字公式之间，所有的艺术细胞被消磨殆尽。

妈妈，你记不记得，小学的一年三八妇女节，我画了一幅画送给你。我把它悄悄地放进抽屉里，你下班刚进门，我就着急地让你打开。至今仍记得，你拿起那张稚拙的画，看到上面写的"妈妈节日快乐"时，脸上无比欣喜的表情。你不停地说，谢谢，谢谢，谢谢……一连说了好多个。

只是后来，我再也没给过你这样的惊喜。

其实你一直很疼爱我，只是年幼的我不懂你的心。我总是很闹腾，从小就是个"事儿精"。我放鞭炮把人家的玻璃窗给震碎了，是你拉着我的手上门给户主赔礼道歉。你平时经常责备我，可是倘若爸爸真的生气了，你却永远坚定地站在我这一边。你迎上生气的爸爸说，孩子还小，有错慢慢教，别吓坏了她。

生活方面管得严厉，你却从来不过问我的学习。你从来不要求我去参加什么补习班，从来不会主动问我的考试成绩。是我自己沉不住气，假装有意无意地说我又考了第一，你当然高兴。可是即使考得不好，你也并不着急。你说，小孩子，不用太紧张。

初中时的我，课余时间几乎从来不学习，练习册里也是大片大片的空白。后来中考前乖乖地在题海中钻了两个月，中考就考了个很高的分数，于是很顺利地进了省重点。

所以你说我有点小聪明，只是用得不是地方。而事实上，我也确实是贪玩，跟着一大帮同学去爬山，去海边烧烤，打"拖拉机"。你也不多加阻拦，只是说，按时回家，要注意安全。

高中开始住宿，一下子少了你在身边管束，我开始逐条地打破你定下的诸多家规。吃很多很多的垃圾食品——只要是在家里不能吃的，我都拼命地补回来。只是没想到，习惯了健康清淡饮食的我，一下子就闹出了胃病，三更半夜胃痛，舍友焦急地给你打电话。匆匆赶来的你哭笑不得：没听过有人吃得太饱撑出了胃病的。又补上一句，吃下去也没见长肉，到底是在浪费粮食。

你说，小孩子过早用化妆品对皮肤不好，于是我不用化妆品这个习惯一直保持到了现在。我的皮肤真的一直都还不错。

你不准我穿奇装异服，不准我打耳洞，所以我就一直是乖乖女形象，简简单单的裙子，清清爽爽的短裤，帆布鞋，粉蓝、粉红或粉紫这样积极向上的暖色系。以致我每次赌气说要烫个妖艳的头发时，全世界都是一个反应：不适合，不适合你的。

每次在外面和好朋友一起吃夜宵，天色一晚，大家就首先想到：杏杏，要不要先送你回家？

适应了学校的住宿生活之后，慢慢开始很少回家。周末你拎着汤过来看我，每次一见面就说：怎么越来越瘦了？有时候，你竟然还会给我买我最喜爱的Tiramisu蛋糕和墨西哥鸡肉卷。我止不住地欣喜，说：这不是让我吃垃圾食品嘛！

你笑着说：可是你喜欢，我有什么办法？偶尔吃一下还是不要紧的吧。

也是这时我才发觉，不知什么时候皱纹已经爬上了你的额头。我不愿承认，可是你真的老了很多。你开始温和地和我说话，很少有事能再让你急躁地大动肝火。

可是妈妈，如果能让你变年轻，我情愿天天被你皱着眉头骂。

原来心里面最记挂的一直是你。我上幼儿园时你抱着哭啼的我打针，你说，不用怕，有妈妈在；小学时你去影剧院看我演出，在台下对我微笑；我第一次发表文章，你捧着报纸看了又看；我上初中时你皱着眉头，说：怎么每天都有这么多电话找你；高一时每个星期，你带着我全城跑医院；你给我炖很多的汤；记得我喜欢香蕉、花生、西红柿，一买就是一大袋。

妈妈，想起来，我还没有给你庆祝过一次生日。我记得的，爸爸五月初一，你六月初五。只是，连一句简单的"生日快乐"我都觉得有点难以启齿。是不是至深的爱，用语言就表达不出来了？

我们真的是要走到很远很远，才知道自己记挂的是什么人。

妈妈，我一直有个很美好的愿望，以后找到一份好的工作，把你和爸爸接到我身边一起住。如果不能，那也要每个星期回去看你们。买很多很多的水果，还有你喜欢的鸡翅。跟爸爸下棋，陪你散步。工作上受了委屈，一股脑儿地倒给你们听，然后坐在沙发上，听你们语重心长的教诲。

你总是说，做人要正直。不属于自己的东西，坚决不能要。你还说，出身没什么好骄傲的，爸爸妈妈没能给你很多，一切靠自己努力。

妈妈，我都记得。

谢谢你，你教会了我正确的价值观，不盲从大流，有自己的原则。

谢谢你，你让我懂得拒绝不属于自己的东西，不觊觎天上掉下的馅饼。

外面的世界很精彩，外面的世界很无奈。可是即使风雨再大，也会有你一直站在我身后，默默地支持我。是的，我知道，你一直都在，从来都在。

爱你的女儿：杏杏

2008年6月

借你一生

季义锋

早上起来，蹭到她的房里，伏在她耳边大喊了一声："生日快乐！"她从床上蹦起来，狠狠地捶了我一下。昨天，她拉我去逛街，反复地试着一条粉色的裙子，我心疼地拿出还没焐热的稿费——其实稿费只有45元，那条裙子她自己掏了大半的钱。

她和每一个认识的人炫耀这裙子是我用稿费给她买的，仿佛我和韩寒、郭敬明一样，成了少年作家。母亲老了，她所自豪和骄傲的只剩她的孩子。我突然想起了那一首诗：母亲老了，她把她的年轻留给了我；母亲的背弯了，她把笔挺的脊梁留给了我；母亲健忘了，她把所有的记忆都留给了我。若是有一种法术，一种爱的法术，我们一定要借一点年华、一点生命给她们，让她们不要那么快就老去，让我们懂得珍惜，去携她们的手看时光，看人生路上点点滴滴的繁华。

许多时候，年少的我们还不懂得关怀和珍惜，等到我们终于懂得珍惜的时候，母亲已经韶华不再。世界上总有那么一个人，她可以在你大吵大闹后依然给你做饭；她可以给你买1000块的"阿迪达斯"，却不舍得为自己买200块的裙子；她可以做很多很多，却不要求一点点。

我们总觉得母亲太过唠叨，其实，那只是因为她们很爱很爱你。她们需要的很少很少，也许只是一句简单的"节日快乐"。其实，许多时候年少的我们常常难以说出的，正是自己曾经在演讲稿上大写特写的那一个字——爱，妈妈就会很快乐。

常常因为学习的原因和母亲的关系闹得僵硬无比，常常自以为羽翼已丰，把所有的事情都看得已然透彻无比。常常做一个文字的歌颂者，把各种各样的情感夸大到惊天动地，却不知，有这样一种平凡的爱就包围在你身旁的每一丝空气。

写了这么多的作品，却很少留文字给母亲。现在我的手边就握着母亲刚冲过的牛奶，氤氲的水汽把我的眼睑打出泪来。我终于不再责怪母亲总逼迫我提高那只有几十分的数学成绩，我终于懂得母亲为什么总爱把我的小说装作不经意地介绍给路人甲乙，因为我成了母亲世界里全部的骄傲，她把她那一生的希望，都寄托给了那一个我。

妈妈，祝你生日快乐。我把这一首诗写给你，希望它能变成铅字，我会把它在某个清晨放在你床边，想象阳光映着你舒展的皱纹，你看着看着，就会笑出声来。

写给曹淑丽女士的诗：

你是我一路的星光
淡漠的风景，因为有你
才有我的明亮和光芒
你牵我手
在这苍茫的世上予我勇气与力量
你是我一路的星光
因为有你，我看轻了失落与迷茫
你说这世上的感情都如那风筝
可是因为有你做我的泊港
于是我再不怕那风浪
再痛也有你的怀抱，予我温暖的力量
"我是您前世的灵魂，所以今生注定要落在您的肩膀。"

第三部分

从未停驻的旅程

很小的时候喜欢翻美丽的旅游图册，现在已记不清那些残留的影像究竟是属于埃及的还是泰国的。只是牢牢地记住了印在图册背面的一句话：每个人一生行走的路途累积在一起等于赤道周长的4倍。

那么不断地走，总有一天会抵达梦想的彼岸吧？

其实我们都曾越过万水千山，在心中。

——周笑冰《从未停驻的旅程》

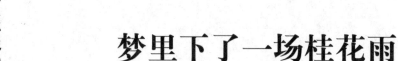

梦里下了一场桂花雨

思小秋

外婆家有一棵很大很美的桂花树，秋风一到，一阵阵的清香便萦绕着整个院子。微微的秋风吹过，院子便下起了簌簌的桂花雨，美极了。

小时候，我很喜欢和表姐在桂花树下玩。我们喜欢捡起地上的花瓣放在手心，然后一起往空中抛去。晚上，我也总伴着这淡雅的桂花香，在母亲的怀抱里沉沉地睡。

曾在抽屉里见过一张老照片，照片里是一个年轻美丽的女子，很瘦，穿着淡蓝色的碎花连衣裙，乌黑的秀发像丝绸般垂在双肩，皮肤白皙通透，脸上洋溢着青春的光鲜亮丽。柔和的阳光透过绿荫洒在她的身上，越发像一株刚绽放的花朵，清新美丽。在她的身后，飘满了洁白的桂花瓣。有几片落在了她的头发和肩上，这是大自然给予她的独特装饰，是无须修饰的，任何昂贵首饰都无法取代的自然而然的美。

照片中美丽的女子，是我的母亲，年轻时的母亲。后来，照片遗落了，不知去向。

逐渐长大，随之增多的，是与母亲的争吵。有很多时候连自己都不明白，为何我可以用那般尖锐的字句去刺伤母亲。一个不小心，便会让她疼得泪流满面。

"吃饭了。"无谓的争吵与冷战后，母亲总会轻轻地叩着我的房门，这般小心翼翼地唤我。

"不吃。"而我总是冷冰冰地对母亲说。待门外传来缓慢离去的脚步声，我便拿起手中的抱枕，往门上狠狠地砸过去。

那年的冬天格外冷，百年不遇的雪灾毫无征兆地降临我们温暖的南方，大雪阻塞了许多人回家的路。"晚上和妈妈睡吧。"那晚，母亲早早地睡了。我一钻进母亲的被窝，母亲身上便传来一阵温暖的气息，我慢慢靠近了母亲。深夜里，我看见了母亲的身体，脑子里突然想起那张老照片。如今，曼妙美丽的身材已经不再，有的，是逐渐肥胖的身体，在黑暗中沉沉地呼吸。我试着摸了摸她的头发，很干燥，很粗糙。

这是美丽的躯体为另一个生命而付出的代价，是不惜一切的感情。痛苦而美丽，平凡而伟大。

一整晚，桂花飘香。梦里，下了一场簌簌的美丽的桂花雨。

相见欢

周笑冰

韩　寒

第十一届新概念的作文题目是《你不曾听过的声音》，我第一个就想到了你。将近十年里，我曾经说过的有关你的那些话，都是你不曾听过的声音，却在我的青春里波澜壮阔。

第一届新概念，你的名字高高招摇在"80后"的阵线上，成了某种意义上的分水岭。而那个时候，我只是一个小孩子，在背不出"鹅鹅鹅，曲项向天歌"的时候委屈地红了眼睛。而现在，我也已经18岁了，走到了中国学生最为艰难的那段羊肠小道。在与你相仿的年纪里，在尘世辗转地卑微着。

漫长的过往中，你写书，开赛车，传绯闻，出唱片，跟不同的人打口水战；我学习，吃饭，睡觉，上网聊天，在贴吧、社区、博客里追逐你的身影。你的声音不曾说与我听，我的声音你不曾听过。我们各自为政。

很久之后，我拿到了第十二届新概念的入围通知书，终于可以到上海离你更近些了。对我来说，喜欢一个人就要与他站在同样的高度，长久地仰视会让人心力交瘁；但是你的高度太过超拔，是我遥不可及的。什么时候，我微弱的声音会穿过渤海、京杭大运河、黄浦江传到你的耳畔呢？

哦，韩寒，我很想在2010年春季的某天与你相逢在上海，云淡风轻地跟你说声：你好，我喜欢你很久了。

可是如果真的有那一天的话，我想我一定会紧张得说不出一个字来，就像萦绕几个夜晚的梦突然在白天摆出了现实的幕布，来不及摆出迎接的姿势。幸福来得太突然，会让人不知所措。所以，请你记得，你要是某天不幸车子抛锚，步行在街道，看见了一个异乡的女生瞪大了眼睛指着你说不出一句话的时候，请帮我接一下，说一句："你好，我知道你喜欢我很久了。"孜孜不倦策划了将近十年的相见，成真的那一天，一定是欢喜如蜜糖，甜美了遥远的岁月。

老　师

几年之后，在人来人往的市场，我又遇见了你。你挽着年轻大男生的肩膀，脸上尽是骄傲的笑容，我猜想，那一定是你曾经多次跟我们说过的上了名牌大学的儿子。

我在人群的缝隙中仔细打量着，他并没有你说的那么英俊潇洒，当然，也没有我们私下腹诽的那么书呆子气。

我是你看不惯的学生，永远不知道什么是妥协。在被你批评的时候丢下一屋的诧异，跑出办公室，让你丢了颜面；在交作业时甩出不必要的响声；在你说学习方法的时候，发出不屑的嘘声。

你是我不喜欢的老师，从未给我体谅。你给我的分数永远比想象中低；当我在班会上说要当作家时，你荡漾起嘲讽的笑容；某项比赛的名额你给了别人，我去找你"质问"时，你说这个不适合我。

年少的时候最是气傲，最讨厌有人轻视自己的梦想。我开始和你作对，直到升学。我想我一直是讨厌甚至憎恨你的。

到了今天，当我再次看见你的时候，我才发觉以为一直在打压着我的你，其实在我的成长中起到了那么重要的作用。

我应该深深地感谢你，是你让我知道自己其实还差得很远；是你逼迫我一直努力，为了证明我可以完成那些你认为不可能完成的任务；是你让我学会了就算别人不承认，自己也要努力，自己也要看得起自己。

是这样的认知与庆幸，让我看见你后，心里有小小的欣喜。

自 己

一直没有忘怀的一个场景是，高一上学期跑完体育测验的800米。我几乎是迫不及待地扑向了跑道里面的草坪，和前面几个小组的人互相倚靠着，大口大口呼吸着空气。有不明成分的水珠打在地上，润湿了辛辣的少年时光。

那个时候，我不由自主地想起了10年之后的你。我想，你一定会遇到更大的挫折，一定需要更多的勇气与希望来消耗。那个时候，你是孤单的吗？

10年之后，终于学会什么是成长与生存了吧？不要再不吃早餐了，不要再为了看电视、聊天而熬夜了，不要再理会那些流言蜚语了。要更坚强一些，更宽容一些。这样，光阴这端的我才会更安心啊。

10年之后，那些梦想完成了几个呢？别忘了好好孝敬父母，别忘了多去几个小时候一直牵挂的地方，要好好地学会去爱一个人，即使他不爱你也不要紧。这是你一定要在10年内完成的。

10年之后，你就28岁了，不是任意驰骋、跌下马来也可以满不在乎地说"我很好"的年纪了。所以，一定要保护好自己啊。

请你，加油。请你，一定要加油。请你，一定要加油好好地活着。我知道过程很艰辛，我知道这漫长的年华里布满了玫瑰与荆棘，我知道倔强的你即使头破血流也一定要走下去，走到可以明朗地笑出来的时候。

10年前的我与10年后的你，如果有幸可以在记忆的洪流中相见，一定要给对方一个大大的拥抱，你已经做得很好，你可以做得更好。这样，两端的我们才都是欢喜的。

银青色的荆棘路

王梦醒

　　我一向是个热爱小说的人，总是轻而易举地陷入书中不能自拔，与书中的人物一起哭一起笑。从四年级开始，《哈利·波特》被我翻了五六年，于是我一直徜徉在那个异世界，固执地不肯回来。

　　JK·罗琳给了哈利，也给了我们一个全新的恢宏宇宙：这里有桀骜的男巫，有戴尖顶帽的女巫，她们轻挥魔杖，最奇妙的事在瞬间发生；这里有傲罗，有食死徒，恩怨情仇无时无刻不在上演……哈利·波特——一个大难不死的男孩，自然而然地成了人们关注的焦点。可在我看来，他也只是个普通人。"伏地魔本人标记他为劲敌"，也就是说哈利"救世之星"的称号是别人强加给他的。他有沉重的使命，但他有朋友，所有热爱和平的人都在支持他。他走的路坎坷，但光明就在前方。

　　而另一个人不一样，他就是霍格沃茨的魔药教授、混血王子西弗勒斯·斯内普。

　　在很多人眼里，斯内普是个可恶甚至可恨的人。他总是穿着黑色的长袍，幽灵般地在城堡里行走，悄无声息地出现在别人最不希望看到他的地方。他油腻腻的长发披散在苍白的脸庞周围，冷漠犀利的目光与刻薄的言语在一秒钟之内就能把一个人的全部欢愉击得粉碎。

　　斯内普是斯莱特林学院的院长，也很好地诠释了斯莱特林精神。斯院的代表颜色是银和青，银白代表高贵，青绿代表神秘。西弗勒斯·斯内普就是这样一个人，他冷酷，自我封闭，甚至有几分残忍，但那一种独特的贵族气息依然止不住地从他身上溢散开来。

　　其实，在我的印象里，真正的斯内普应该是这样：在雾气弥漫的地下教室，他用苍白修长的手指轻轻握住魔杖，温柔地调配最繁杂的魔药。甜香的草药味道在他身边萦绕，经久不散。那双漆黑的眸子透出别样的专注与痴

085

迷，只有冷冷的微弱光线在他身后留下支离破碎的阴影。

这才是那个魔药教授的真面目，他习惯于把自己隐藏在层层伪装之中。于是，直到《死圣》面世，我们才知道这个男人不为人知的复杂人生。

斯内普有暴虐的父亲、脆弱的母亲，亲人的过早离去造就了他性格的致命缺点。年幼的他学会了冷眼看待一切，那时候，生活等于苦难。

然而，90岁的年纪，斯内普遇到了一个改变他一生的人。起初，我们都没有想到，斯内普一直爱着莉莉·伊万斯——哈利的母亲。谜底揭开的一刹那，我的心感到微微的疼痛。原来，这个阴郁的男子也曾恋上过青草与阳光的味道，他的世界，也曾被一个女孩用善良去点亮。只可惜，单薄的青春匆匆流逝，女孩最终选择了放弃。

我不知道，原来世人的流言与偏见可以这么强大，强大到让美丽的爱情黯然失色。

从此，西弗勒斯·斯内普更加痛苦。他用近似中世纪修士的方式生活，然后，为了爱，扮演双面间谍，游走在生命边缘。可是，种种努力还是付诸东流，为了哈利·波特夫妇献出了自己的生命。斯内普的世界从此万劫不复。

黑魔王消失了14年，斯内普承受着别人所有的嫌恶与不解度过了这14年。他想方设法地与哈利过不去，我们都明白他是为了什么。

战争重新爆发，斯内普毅然决然地投入无间生涯。我不知道这个男人在独自一人时会不会感觉疲惫，会不会想要卸下所有的孤独，向一个远去的灵魂轻声倾诉……

然而，他死了。故事老套、简单，却震撼人心。

他死后人们才认识到他的伟大，但我想斯内普并不在乎这些。他注定是一个斯莱特林，用与生俱来的骄傲拒绝所有的热情和崇敬。

斯内普痛苦一生，不是因为没有爱，而是因为爱得太深、太惨烈，让他自己都无力去背负。于是，爱情锋利的棱角让他遍体鳞伤。

黑夜中，他用黑色的眼睛追寻光明，然后微微一笑，放弃所有应得的幸福，承担太多本不属于他的责任。

西弗勒斯·斯内普，独自踏上那条银青色的荆棘路，那条不归之路。

生命就像一次旅行，一路上边走边看，遇见所爱与被爱。

旅行的方向

阿　文

总在固执地寻找这个世界的另一个内容，哪怕只是单纯天真地幻想。我把旅行视为生命的全部意义，是因为这一路上总会有人与我同行，他会教会我爱，教我成长。

传说中古埃及是众神护佑的国度，它的繁华仿佛一朵开在沙漠上的花——那一瞬绝美傲世芳华。

我向往埃及，眷恋图坦卡蒙胸前那一朵花的忠诚；我想站在金字塔底，抬头仰望那湛蓝的晴空；我想走在柔软的沙漠上，一回头，感受到狮身人面像凝视千年的哀伤。

我没有一步一拜的虔诚，但我真的很想去西藏，想去看看转经筒旋转的方向，或者站在布达拉宫红色城墙的外面，抬头对满天飘飞的经幡许愿；很想去西藏，哪怕只是低下头，对一朵格桑花微笑，骑马信游，陪那流浪的云，让高原送我两片高原红。

只想看遍世间风景，却不知哪一个值得永世铭记。

看过一件商周时期的青铜器，上面画着一群鸟，它们起起落落，仿佛停在青铜器上，只为享受一个王朝的膜拜。那一刻，仿佛可以感受到时光的流动，内心无比强烈地想站在三星堆的土地上，去寻找铸铜烈火遗留下的烙印。

电视上的明星们演过千般角色，可却总是别人的故事，红灯绿酒中，歌舞升平时，一面用假面欺骗别人，一面又何尝不是欺骗自己？真真假假，身不由己的人生。思绪不禁飘飞到千里秦淮，朦胧中听见有人吟唱后庭花，后朝金粉，泪容寂寞。柳如是、董小婉……无能为力的爱情却让人铭记，不离不弃。

"读书，是为了灵魂的诗意栖居。"晴耕雨读，是我的另一种想象。

一直以来，我把文字视为生命的最初感动，纯净而美好。它是情感的伟大载体，于红尘喧哗中，回归真正的自我。自然的纯真不是一种形式上的自我表达，而是笔尖倾泻时，那眼眸的瞬间感动。

因为思念，所以梦见。即使辗转反侧时，也总有忘不了的瞬间。

余秋雨孤舟单骑，只想与高山流水对晤；张爱玲缓缓写下了"执子之手，与子偕老"的生死契约；而霞飞路凉风汹涌，多年后远渡重洋，生命只剩一句轻叹。

旅行的方向，有或没有，捧着未知的羊皮卷，寻找北极星。这一星，虔诚书写。

走吧，那些已逝的和即来的

于小添

亲爱的朋友，走吧！

很遗憾我无法实现曾对你许下的诺言——去同一所高中、同一所大学，牵手游遍同一城市的秀美山川。你选择了分子微型的王国，而我则留恋于江流宛转的世界，我们渐行渐远……

偶然的一次聚会是在乍暖还寒的时候，我翻箱倒柜，粉嫩的高领毛衣、牛仔裤……希望自己美美地出现在将近一年没有见面的同学面前，尤其是你的面前。

在我即将走向那个曾经温暖的圈子时，你们却像发现灰姑娘一样爆笑："你怎么穿这么多……"你遮眼的刘海儿湖蓝鹅黄交错，我就这么黯淡了。对于这样的时尚，我成为局外。一路上你嘻嘻哈哈大声地叫着，你走得浓墨重彩，而我走得云淡风轻，距离就这样拉开了。我黯然神伤：是什么改变了？是怎么改变的？

从那以后，我们的联系少了，而且我常常被自己的想法推进死胡同里，那条长长的通向同一梦想的通道早已青苔漫漫，那生命力旺盛的爬山虎本不该在这儿出现，因为我还没有放弃。承诺遗忘了你却留下了我。

突然有一天，你出现在我们学校的门口，我远远看见你急于寻找某一个人的样子，在柳丝柔软的春风里，我释然地笑了。也许我不该那么自私和绝对，也许那时还没有学习到发展观，也许是我心里一直抓着过去不放。你会有美丽的生活——蜕变或进步。成长的道路中，虽然错过了曾经最信赖的人会一时感到寸步难行，但迈过去就是一个全新的世界。我没能大方地走上前去同你打招呼，只看着你的背影渐渐融化在春色中，心里的那层冰也跟着稀里哗啦地化成了一阵清凉的风。

走吧，亲爱的朋友，走吧，我会一直祝福你。

上了高中，听到学长们苦大仇深地控诉如泰山般的作业和如洪水般的考试。高一时自己还未曾有那样的感触，但上了高二，猛然间觉出了其中的味道。一次黑色考试后，江山易主，乾坤逆转。尽管我一直劝勉自己，但临桌女生哈欠连天抱怨昨晚奋战整夜的话顷刻间摧毁了我辛苦构建的乌托邦。这话来回地揉搓着我敏感的心灵，是暗示更是提醒：戴着面纱的竞争女神索性揭去面纱，赤裸裸地敲着每个人的脑壳，邀我们与她共舞。我不想跳，但我必须跳。这未免太悲壮，所以我们都是英雄。即使每天奔波，没有宝剑、美酒、雅乐的犒劳，但感觉能为明天预言着什么，就会充满斗志。

来吧，所有甜蜜的日子！走吧，所有美丽的生活！苦辣酸甜都行走在我们的人生路上。站在时间的长轴上，是那些已逝的和即来的平衡了我的人生。我知道下一秒就会有新的变化：谁取代谁，谁改变谁，就像自然现象一样未知和已知，所以我会怀着最真诚的留恋和期待去成长，感受那些不间断的幸福的讯号在我的生命中走走停停，即来和远逝。感谢上天赐予我的不动摇的初衷，让我如此诚恳地每天为追忆和迎接生活着。

从未停驻的旅程

周笑冰

亲爱的，请为我，为我收拾好行囊。

带上书籍、音乐与五月的星星糖。

亲爱的，请让我，让我去流浪。

很久很久以前，我就渴望做一个吟游诗人，一路走，一路歌唱。即使是现在，当手指拂过那些静静潜伏在地图册上的地名时，依旧能听见它们发出无言的邀请，"喏，我们等你很久了，快过来吧。"想要去很远的远方，这与探索自然或人生深意无关。

小时候看武侠，只觉快意。那些故事大多发生在关外，也许只有那样严酷的地方才能承受那般凛冽的情感。爱了，便绝无回转，不留余地；恨了，就刀光剑影，手刃仇敌；伤了，长歌当哭，一笑而过；累了，可挥手一去，作别江湖。

后来读了张爱玲的小说，又转而恋上了上海，优雅得挑不出一丝纰漏的城市，年轻而骄傲。

再大了些，开始偏爱那些描写江南风物的诗词。曾经将它们工工整整地誊在硬皮的笔记本上，现在本子不知散落何方，但年少的梦还在。如果能在中年身心疲倦之际，在某个夏天舟行于江南就再好不过了：看莲花正盛，绿柳扶堤；听吴侬软语，细雨淋漓，那是最好的疗伤地。

几个月前，在复习地理的时候翻阅了中国地图，在浙江、福建一带发现了诸如安吉、庆元、寿宁、政和、泰顺这样的地名，读后只觉时间安详，岁月静好。很想在老去的时候拜访那些地方，如果有可能，就带上一只同样垂垂老矣的猫。与安居在那里的老人说点闲话，也许彼此耳力都衰落下去，听不清对方究竟在絮叨些什么，却仍旧你一言我一语讲得热闹，在这种貌似无力的蹒跚中自有大欢喜在。

很小的时候喜欢翻美丽的旅游图册，现在已记不清那些残留的影像究竟是属于埃及的还是泰国的，只是牢牢地记住了印在图册背面的一句话：每个人一生行走的路途累积在一起等于赤道周长的4倍。

那么不断地走，总有一天会抵达梦想的彼岸吧？

其实我们都曾越过万水千山，在心中。

歌尽桃花扇底风

刘　玥

一边是翰墨诗书、才干优长的复社文士侯方域，一边是娇羞腼腆、桃羞李让的秦淮名妓李香君。然而，在《桃花扇》里，相思不过是一条线，折折曲曲地缠绕其间，一头系着定情诗扇，一头系着大明的江山。侯李结缡不过数日，便匆匆分手，朝宗书剑飘零，香君独守空闺。然后是舆图换稿，江山易代，赤胆忠臣独力苦撑，权奸群丑粉墨登场。一面烽火硝烟，一面宴饮酬唱。

云亭山人自己评《桃花扇》，说是"借离合之情，写兴亡之感"。侯郎与香君的爱情，便像细细密密的针脚，安插在南明的兴衰荣辱里，搓揉进秦淮的潮起潮落中。在乱世中聚而后散，恋而后淡。消了色泽，褪了味道。昔时烟柳繁华地，而今黄尘漫漫。

末了，暌别已久望眼欲穿的情人终得相聚，张道士一句"你看国在哪里？家在哪里？君在哪里？父在哪里"，两人如梦初醒，双双遁入空门。一柄桃花扇被撕得粉碎。眼看要终成眷属，到头却是一场空。孔尚任把诸多笔墨用在了明清鼎革的人物群像上。易主，赞国亡气节犹在，恨君主无道奸臣弄权，叹瞬息繁华盛筵必散。

桃花扇底送南朝，一曲遂成绝唱。

以另一种方式低吟浅唱

木木·文慧

我没有大大的T恤衫和棒球帽，也没有MP3、MP4、数码相机、个人电脑。

我也不喜欢夸张的棒棒糖、辉煌的摩天轮、黑色的烟熏妆。

我没有QQ、MSN等通信工具。

然而从年龄意义上讲，我却是一个不折不扣的"90后"，生于1991年，感叹"生正逢时"。一直不屑于巧立"80后""90后"等名目的炒作家，这些概念划清了不同时代人的界线，不同时代的人又不免隔阂起来。"90后"这个概念的唯一用处在于，我可以利用搜索引擎轻松地"搜"出一大串杰出同龄人的名字：子尤、张悉妮、李军洋。

阅读同龄人的事迹，惊讶、羡慕以及感叹。然而感叹完了我还是要过自己的生活，也是一个"90后"的孩子，生活在一个不大不小以农业为主的城市，看惯了贫瘠的土地和日出而作日落而息的人们。

一所不大的中学，所谓的省重点，一个被称为奥赛班的班级。班里的百分之七八十同学不会玩"劲舞团"，不迷恋"非主流"，不知道芙蓉姐姐为何人，也和我一样没有QQ、MSN等通信工具。但仍然质朴而纯真，热情而可爱。会在某个寒冷的早晨为你打开水，会在你生病时帮你抄笔记，会仔细地给你讲数学题。吃着两块钱的饭菜，宿舍却依然欢声笑语。

也喜欢听音乐，时不时地在宿舍哼上几句，引得姐妹们喝彩或者哈哈大笑。也喜欢看小说，多少个夜晚，宿舍整夜不熄灯，宿舍的姐妹们都在啃书，有韩寒、郭敬明、小妮子的，也有巴金、鲁迅、托尔斯泰的。会为书里的情节欢笑或哭泣，然后在宿舍管理员阿姨的呵斥中钻进被子里。

更多时候是为了一道几何题而争论得面红耳赤，毕竟还是些孩子，偶尔也会耍耍小性子。某某某，我不理你了。却又因一个泡泡糖而眉开眼笑，然后又一起做练习，背单词，谈论某某帅不帅或者谁谁又换女朋友了。

偶尔跟父母使小性子，发个小脾气，但绝对不是叛逆和任性。偶尔也会奢侈一把，把自己辛辛苦苦得来的稿费拿去换一双漂亮的鞋子和一件"阿依莲"的衣服，在姐妹们羡慕的眼光中，小小的虚荣心得到满足，然后继续沉浸在英语单词和数学题里。

这就是我生活的世界，这小小的学校便是我的全部。没有绚丽的霓虹和迷人的风景，没有张扬与个性，有的只是一群或许你认为土气，但内心可爱无比的伙伴们，还有繁多但并不单调的习题与单词。和着晨辉与夕阳，许多细小的华丽依然存在。紧张中偶尔也会有闲暇，闲暇时让笔尖尽情在纸上跳跃，写出些自己想要的文字，那是神的孩子在跳舞，每一个字都是一个精灵。闲暇时看一看自己喜欢的书，一沙一世界，一花一天堂，凡生活中有，书中皆有，从书中去探视另一世界，品读另一种生活。闲暇时多欣赏欣赏自己，小小的失意和烦恼挡不住青春的光彩。自己是橙子就欣赏自己的酸，何必去羡慕水蜜桃的甜。

大大小小的失意与惊喜。在这个小小的世界里，每一个人都为自己的梦想而奋斗着，痛并欢乐着。其实，这个世界也很广博：高楼与绿地、汗水与欢笑、拼搏与友谊、现实与梦想、竞争与爱……远离了电脑游戏、QQ、"非主流"、"火星文"，我们一样欢快地成长，一样是一群可爱的"90后"。不要以为我们什么都不知道，我们只是在以另一种方式低吟浅唱。那么，未来一定是美好的，你要坚信。

095

第四部分

截一段青春时光，给老去的我们

　　很久很久以后的日子里，我常常想念你们，可是那个我们奋斗过的阵地早就被拆成了崭新的教学楼。它会不会也舍不得我们呢？我多想为我们截下一段青春的时光，用你大喊"不做大哥好多年"的破锣嗓子，用老树上不停喧闹的夏蝉，用我们所有的固执和年少，以及转瞬回头时的一句简简单单的"你好"。

　　　　　　　　——季义锋《截一段青春时光，给老去的我们》

截一段青春时光，给老去的我们

季义锋

真的有些想你们了

光着脚板在地板上翻看初中时的同学录。卿卿一笔一画地签下自己的大名，写"祝君前程似锦"，闻天宇用放肆的小字非要在我的记事本上签上"宇少爷"几个字。最后一页上，张乐明写的是"地球很危险，快回火星"。看着看着，我笑出了声。

知道吗，我突然想截下一段属于我们的时光，截下我们在丽珍家门口土坡上放肆的笑声，截下我们无数个黄昏和早晨，截下一个永远是16岁的我们。

虽然不想说，但我真的有些想你们了。

我们的阵地在一个随时准备阵亡的危房里

初三的教室是一个快要倒塌的危房，在我们做大本大本的中考习题时，常常会有墙皮掉到头上。记得上课的时候丽珍姐煞有介事地说："如果我们这发生了地震，是不用解放军来救的，因为咱们的木头房顶可以很容易钻出去。"那是个从建校就存在了的老校区，它甚至还是平房，我们穿过长长的走廊时常常去辨认着墙壁上面的字，大多是"某某爱某某"，也或者是"祝某某考试成功"之类。

也不知最初坐在我座位上的人是不是已经白发苍苍，也不知这老旧的教室曾经埋葬和成全了多少人的梦想和时光。

但我们，曾经在这里，为梦想而努力地奋斗过。这段混沌的时光，有你们陪我一路走过。很久以后我才明白，真正值得珍惜的不是我们走过的每一条路，而是每一条路上陪我们看风景的人。其实，我们不是舍不得那个随时准备阵亡的危房，而是舍不得在那个危房里一起走过的我们。

很久很久以后，我还会梦到一个声音

很久很久以后，我还会梦到一个声音，像猴子一样蹿到我身上，大叫着有老鼠。那个潮湿的教室里有老鼠本不稀奇，但闻天宇总是把分贝扩到最大。其实我们从没被老鼠吓到，反而常被那个蹿到桌子上的活宝吓个半死。

初中的时候，我喜欢语文，几乎每篇作文都是范文。记不得是哪一天，闻小同学抱拳过来："'大虾'传授点经验吧。"远去的回忆甚至都不很清晰。

他爱唱《不做大哥好多年》，唱时用手拍自己并不够壮实的胸膛。

他其实很胆小，偶尔怕黑，偶尔会因为些虫子、老鼠飙两个比Vitas还高些的海豚音。

他又倔又强，一股小酸脾气，可他仍然是个好孩子。故事可以写好长好长，可笔毕竟就那么短。嗯，我有个宏伟的计划，下次再遇见他的时候藏一只老鼠，看看他会不会再跳起来。就像时光倒回了2008年，凝固的那年夏天。

嗯，卿同学总是一副好脾气

再见卿同学的时候，他留着个搞笑的小胡子。笑起来，露了不知道多少颗牙。很久以后，买了果冻还是习惯冰冻了来吃，那是你给我养成的恶习。很久以后，我才发现天杀的你把我的同学录不知道贪污到哪里去了。

我是个后知后觉的人。你家楼下那只大狼狗已经不知道哪里去了，当初我总是很担心它从楼下跳上来咬我一口。

在我的记忆里，我们很少有吵架的时候。我和你玩闹总是不知轻重，你却很少计较。毕业之前我还勒索了你半个月的饮料来喝。这些简简单单的情节，我一点一滴收藏得很好。其实故事早就涸散在年华里，两年后的我们，又能提上几笔来回忆和书写。

老天证明，马驹儿是个挺帅的小伙

马驹儿同学其实叫马胜军。最开始的时候，内向的我经常被取笑。他总是为我说话，转头对着我笑。

马胜军同学其实很好看，所以他特别神奇地将臭美发挥到了极致。他在冬天穿着很薄的衣服，冻得上蹿下跳。

有他出现的篮球场上常常水泄不通，他总是纠结而自恋地把篮球扣得虎虎生风，然后耍帅地摆一两个姿势。世界上最无语的事情莫过于此。

"我是不是真的很帅。"无限回音在我的脑海荡漾，虽然我总是嫉妒地不愿意承认，但老天可以证明，马驹儿真的是个挺帅的小伙。毕业的时候他让我提笔写两句有文采的话，我在班级的群公告里一个字一个字地敲，敲着敲着就流出了泪。

张乐明和卓越就像两只大小迥异的土拨鼠

张乐明是个思维诡异的人，当我们沉浸在中考的压力和"5·12"的哀痛中时，他把"天佑中华"篡改成了"天佑大头"。

我翻开英语笔记的瞬间觉得自己是不是就要驾鹤西去了，而卓越却恰恰老实得紧，他们两个人是怎么成了老铁？我至今都没研究明白。

我常常记得，我和小卓越在前面说话的时候，总是被后面的乐明同学吓丢了半条命。

我常常记得，他们俩找我打羽毛球，但后来不知怎么就会发展成他们俩指挥我到处捡球。

嗯，张乐明和卓越就像两只大小迥异的土拨鼠，心里充满着对生活的活泼和热情，那是我们本该拥有的面对生活的金黄色彩。虽然我一不留神就被鱼肉了这么多的时间，可是我不得不承认，因为这两只"土拨鼠"，我的小日子开心了不少。

坏孩子，其实不坏

后来，我学到了《五柳先生传》，笑点极低地联想到他，虽然是后有初三（4）班的田源，先有的那个田园诗人。后来，我会偶尔想起王刚、小峰、史天冲他们。有些时候，我们终究应该明白，其实所谓的好与坏并不十分容易界定。也许他们学习不好，也许他们打架斗殴，但他们终究都是善良的孩子，甚至更加简单和直接。虽然道路不同，但我们都以各种各样的方式在这个世间安身立命，就像我曾经看过的那篇文章——《坏孩子不坏》一样，你们便是吧。

许久以后，我才明白，人生的路怎么走都有他的模样。

和我同桌过的"女人"们

初中的同桌有很多，很爱生气的小柴，性格有点麻辣的丁鲸鱼，还有性格有点豪爽的辛维佳。柴宇婷生气的时候用一根五毛的棒棒糖就能哄好，她也会在遇见的时候偶尔指责我为什么不和她说话。即使是到了高中，她还是会一样的孩子气。

我和辛维佳维持了多年的战友情，在初三这一年表现得淋漓尽致，我们常常在老师上课的时候偷偷地像耗子一样在底下吃香辣牛板筋，辣得直掉眼泪。

我通常会很开心地大唱她喜欢的李宇春的歌，虽然一句都没有在调上过，还是唱得不亦乐乎。我们的成绩都不理想，我们的回忆却诚然昂贵得无可比拟。

很久很久的日子里，我常常想念你们

我们离去的那天，花开正艳。我们互道要记得彼此，从此便是天涯海角。

这里的一草一木，都变得明朗和清晰。还会有人和我们一样坐在我们坐过的课桌上，还会有人在三年（4）班的门口傻傻地笑，还会有人在那间充满了老鼠的教室里，像闻天宇一样鬼喊鬼叫吗？但我们都是一样的青春年少。"（4）班无限辉煌！"分别的那天有男生喊这句话喊破了喉咙。嗯，在我们的记忆里，它永远都是最美丽的样子。

很久很久以后的日子里，我常常想念你们，可是那个我们奋斗过的阵地早就被拆成了崭新的教学楼。它会不会也舍不得我们呢？我多想为我们截下一段青春的时光，用你大喊"不做大哥好多年"的破锣嗓子，用老树上不停喧闹的夏蝉，用我们所有的固执和年少以及转瞬回头时的一句简简单单的"你好"。

城　池

王　婧

一

我的家在南方一座小县城，名叫塘池。城里有一个大水塘和一个小水池，因此得名塘池。

从我家向西的窗户望去，可以看到政府大院中的那个球场，每天傍晚东旭矫健的身姿都会在夕阳下闪烁、奔跑，就像篝火晚会上跳跃不定的火苗。

东旭是优秀的，学习好，篮球好，又聪明，又高大。而与之形成反义词的大概是"南垚"，他学习不好，个头也不高，外表显得愚笨。如果对东旭的评论是"看！那孩子……"那么看到南垚说的更多的应该是"唉！那孩子……"

"哎，你额上的疤是怎么回事？"

"啊，这个啊，那次我看《天龙八部》，特别羡慕里面的人会轻功，所以我就学着从阶梯最高层'飞'了下去……"

"唉，这孩子……"

这种微妙的关系还存在于我和西仕之间。

"北默和西仕是一对好朋友，形影不离。"

"北默个子多高啊，西仕就不一样了，矮她一头呢！"

"北默像红花，那西仕就是绿叶了。"

西仕最恨的就是东旭的妈妈，以为上面这些话——说得最多的就是她。而恰好西仕又是那样爱憎分明的人。而我，对于东旭的爸爸也很无奈，见到他的时候更多的还是羞涩。他总是用很快的速度跑到我跟前，然后用他那有力的双臂举起我，一直举过他的头，欢快地说："默默，真漂亮，花姑娘，长大了给我家东旭做媳妇吧！"

记不清从什么时候起，东旭的爸爸看到我不再举起我，或许是在我一天天长大时，也或许是在他举不动我的时候。

面对类似政府大院里的阿姨那样议论我和西仕，我总是显得尴尬，能说什么呢？而西仕，更多的是无奈与悲伤，仿佛要辩解什么，话到口边又噎了回去，然后向她们投去一个无声的白眼。然而，西仕依然是我的好朋友，而我，也依然是西仕的好朋友。

水池旁晒的都是西仕家的衣物，妈妈有时会指着它们对我说："你看，她家的衣物整片地晒在那里就像尿布。还是你运气好，不然投胎到这样的家……窝囊得很。"对此我总是不屑。"还有她爸爸，每天都喝酒，常常酒醉了就回家打她的妈妈。"我根本没觉得幸运，更多的还是悲哀与难过。

对于西仕，更多的还是爱怜。而她对我更多的还是羡慕。有时，她会和父母激烈地吵嚷，恼怒的时候，对于她的亲生父母竟什么都骂得出口，都是些类似"烂人"之类在学校才能听到的最难听的话。这样的场面我是见过的，领略过西仕的口才。而每当这时，她妈妈总会将她狠狠拉过，用力撕扯她的嘴，我似乎听到了空气中某种物质决裂的声音。彼时，她妈妈口中也念念有词，吐出的词也不比西仕刚刚说的好听多少，随后西仕便跑到墙角痛哭。而此时，她的爸爸正在喝酒，醉醺醺的样子。

我后退一步，呆呆地看着这场灾难降临在西仕身上，竟没有去阻拦，不知道是因为她妈的动作太快了，还是我被吓坏了。她妈妈转过头来对着我说："北默，你会像这样骂你妈妈么？"我害怕地摇摇头。接着她又对着西仕骂道："你看看人家北默，多乖的一个孩子！天天和人家在一起，你怎么不学学她呢？"

记忆模糊了，只记得事后西仕一双红红的眼睛，她说："北默，你不懂。"我点点头。是的，我的确不懂，那些悲哀的可恨的扭曲的痛苦，或许只有她才会懂。她可以大声对全世界说："我恨我的爸爸妈妈，恨东旭一家！"这些，我却不敢，永远也不会这么说。"在我还未满三个月的时候，我爸喝醉酒了就要把我从楼上扔下去。幸亏我妈妈拦住了他，结果遭了他一顿打。因此，我恨他。"西仕说。我看到了一颗扭曲的心。

西仕在倒立，东旭调皮地握住她的脚，使劲地把她拉下来，西仕整个人都被磕到教室冰凉的水泥地板上，先是一声沉闷的落地声，既而传来西仕悲愤的哭骂声。西仕在和几个男生争辩，嘴皮子硬的东旭也加入了其中，后来争论不过西仕，便伸出脚踢向西仕。西仕捂住肚子慢慢地蹲下去，接着传来嘤嘤的哭声。教室里传来了一些女生的尖叫和一些男生幸灾乐祸的声音。老师来了，东旭也有些害怕了。

"东旭！你怎么可以这样对待西仕？"老师大吼，接着"啪啪"就是两耳光。东旭捂着脸大声地哭了起来。众人的心算是落了，的确是看了一场好戏。渐渐地，西仕停止了哭声，默默地望着东旭，若有所思的样子。东旭一边哭一边对西仕说："这回你满意了吧？"西仕没有理睬，转过头去看着窗外远处夕阳照耀下的火红的云彩，陷入了沉思。不知是什么东西像虫子一样在内心慢慢地蠕动，随即一种无名的物体像涟漪一样泛滥开来。温暖与否？

打东旭的老师——正是东旭的妈妈。

二

老师的做法让全班同学都臣服了，包括西仕。

而事实并非仅仅如此。在西仕一次又一次地嘲笑东旭邋遢的哭相时，我终于感受到了西仕也能从东旭的妈妈身上得到快乐。东旭的妈妈对东旭的训斥十分有个性——"粪桶！"第一次听到这样有个性的、独一无二的训骂声，我当着正在哭泣的东旭以及皱着眉头的东旭妈的面，差点笑了出来。东旭妈妈对儿子的教导方式的独特性是公认的。"我认为它更具有戏剧性。"西仕开心地笑着说。

那时的东旭像一只可爱的小牛，裸着身子在妈妈的鞭子下沿着县政府大院绕了一圈。"裸游！我敢说没有一个幸运的客人能像他这样游赏了整个塘池的美景。"西仕调皮地说。"粪桶！我叫你去游泳！我叫你去游泳！塘池的水都被你玷污了！"她边说边举着手里的鞭子挥向东旭。东旭一只手捂着红一条紫一条的伤痕嗡嗡地哭着，丝毫没有反抗的意思，只是哭声渐渐地变大，另一只手捂着自己的眼睛，不知道是害羞还是在擦眼泪。

"他妈这种方法……的确有些……"我说。"的确有些有趣，是吧？"西仕接着说道。"就知道哭！真是个没用的家伙，一点也不勇敢，要是我妈妈这样对我，哼！我非得……"西仕没有说下去，而我也真不知道要是这样她与她妈妈之间又会发生怎样的悲剧。

北宇是我的弟弟，西达是西仕的弟弟，顾名思义，南磊是南垚的小弟。我们三个都有一个弟弟，而且他们同岁，都是4岁。唯独东旭没有弟弟也没有妹妹，当他每次用领到的独生子女奖品在我们面前炫耀时，我们谁也不动心，相反总能有力地反击他。"我们都有一个弟弟，以后要是我们读书不成器的话，还有我们的弟弟，他们是一个希望，对父母也是一种安慰。"这是7岁的我对东旭说的。一向口齿伶俐的他也呆住了，好久也没有回复我的话。一旁的西仕听了也十分高兴。

哦！扯远了，说东旭呢！那天下午，我和妈妈、弟弟一起去东旭家串门子。北宇跑到了他家阳台，将东旭盆栽的草莓摘了一颗，东旭看见并没有当面指责北宇，而是马上用袖子捂住眼睛小声地哭了起来，用的是他平时惯用的"嗡嗡式"哭法。北宇吓到了，退后了两步，呆呆地望着手中小小的青涩的草莓。真不明白东旭每次是怎样用不到一秒的时间积蓄出那么多的泪水，然后用更短的时间爆发出来。

"怎么回事？"刚从客厅走出来的东旭妈问。我把事情的经过叙述了一遍。"东旭啊！真是个粪桶！只是一个小草莓而已，你至于吗？北宇还小呢！"他妈妈狠狠地骂了他一顿"粪桶"，大概是东旭觉得很冤枉，草莓被人家摘了还被臭骂了一顿，于是哭得更伤心了。"东旭，你再哭一声给我试试看！"他妈威胁着。于是东旭的声音也渐渐地小了下去，转身回客厅打开了电视机，看《大头儿子与小头爸爸》。北宇也走了进去，刚一坐下，东旭"啪"的一声把电视关了。北宇无助地看着我，我走过去牵起他走向阳台。"怎么不去看电视？"妈妈问。"北宇一进去，东旭就把电视机关了。"我无奈地说。"粪桶！你是不是想死？"东旭妈吼了一声，屋里立马传来了"大头儿子呼喊小头爸爸"的声音，我不由得惊叹东旭对他妈的害怕程度。北宇不懂事地又跑进客厅坐在沙发上看电视，而可怜的东旭则抹着眼泪回到了自己的房间。

回到家后，妈妈好像受到了启发似的对我说："你看见啦！这才叫管得严呢！"

虽然以前打我打得最多的是妈妈，但打得最狠的却是爸爸。那次妈妈为了收拾我而把前几天爸爸刚从丽江带回来的翡翠镯子不小心打成了两截。爸爸一边怜惜镯子一边责备妈妈不该用这么大的力把镯子打坏了——却没有责备妈妈不该用这么大的力把我打疼了。而事实上我并不疼，却乐坏了——叫你打我？哈哈。这次足以给妈妈些许教训。再来说爸爸，从前为了驯服我，专门买了一根晾衣服的棍子，想一举两得地用来教训我，可惜不久被我用来当"金箍棒"玩的时候不小心弄丢了。后来他又重新到"花果山"找了一根棍子，把它靠在了门后。我有些害怕了，不过聪明的我就是有办法。一个晚上，我对他们说自己要去找西仕玩，他们同意后我趁着他们在看电视，便悄悄地把门后的棍子带了出去，把它丢进了政府大院厕所的茅坑里。哈哈！那时感觉自己真是太伟大了！

三

那些时光的沙子静静地埋藏着米色的阳光，温暖而自卑。

傍晚灰暗的政府大院闪烁着点点星光，我们四个聚集在西仕家一起看《西游记》，觉得十分有趣。后来看到了"孙悟空三打白骨精"那集，便高兴不起来了。那肉眼凡胎的唐僧错怪了孙悟空，说他杀了好人，要赶他走，赶了三次。他赶一次，我们的心跟着起伏一次，疼一次，一边埋怨唐僧好坏不分，一边为妖怪的狡猾咬牙切齿。到了最后一次，唐僧真的把孙悟空赶走了，可怜的孙悟空向唐僧跪拜，以谢"五指山"搭救之恩……我突然感到脸上有热热的液体流下，我看了看东旭、南垚和西仕，他们也都哭了。这是我们第二次看这个部分，也是第二次为悟空流泪，悟空知恩图报的精神感动了我们。

这时西仕的妈妈走了进来，我连忙擦干了眼泪。"你们真是不成器，这也要哭？看看人家北默，哪里像你们！"她笑着对我们说，随后把头转向了我。我面无表情地继续看电视剧，装作什么事都没有发生。大人们就是这样，他们永远无法懂得孩子心中最单纯的也是最细腻的情感。

到后来悟空走了，唐僧望着他走的方向略露出些许悲伤与惋惜。我隐约地感觉到身旁的西仕掏出了手帕，正在擦源源不断流出的眼泪，我再也忍不住了。"我去一下厕所。"我隐忍着泪水起身说。进了卫生间，我便掏出了纸巾，无声地流起泪来，一边哭一边擦。10分钟后又回到了他们当中，他们都已经变成了泪人。

那些闪烁的泪光，那些孩童的时光，那些温存的善良，单纯而美好。

对于南垚，有一个成语最适合形容他，"虎头虎脑。"妈妈说。的确如此，要不他额头上的疤痕是从哪里来的？要不怎么说不过西仕的时候就胡言乱语？要不怎么总是对陌生人莫名其妙地傻笑呢？要不怎么每次考试只要及格了就欢天喜地呢？当然，他是一个正常人。

第一次发觉他还是有些思想的，是在那次和大人们到山里拾菌子的时候。大人们都抢在前面，留下我和他走在后面。"快点走！去山顶，我妈妈说山脚的菌子都被人采光了。"我催促道。"不！我们别上山了，就在山脚采。"他平静地说。"为什么？""你想，大家都想着山脚的菌子被人采光了，所以都上了山顶，那山脚的菌子不就没人采了吗？"他回答。我觉得他说的有道理，于是我们便在山脚拾菌子。南垚毕竟是个男孩，哪都敢钻，一下子便采到了许多，到最后，他还分了我一些。我高兴地看着他，"谢谢你，你真好！""应该的。"他说完后又对着我傻笑了一下。云隙中，我看到了一张温暖的脸与一米金色的阳光。于是，我和南垚的友谊从此迅速升温。我们几乎天天都在一起玩——打篮球，下象棋，看电视，打羽毛球……南垚的父母一直很看好我，他们觉得让自己的儿子和总是考县里第一的"三好"学生在一起总是有好处的。然而我和他在一起总是玩，从来没在学习上真正帮助过他，他也乐得如此。

然而不久后，南垚的父母开始紧张了，他们意识到我并没有在帮助南垚学习。那天，我又蹦蹦跳跳地去找南垚，得到的却是"南垚拿着书被叫到花果山上看书了"的消息。我懊恼地回到了家。"不要天天去找人家玩！一个姑娘家，这样不好。"妈妈劝我说。我当然听得出妈妈的话外音，以无声表示抗议。

大人们真是复杂而又斤斤计较。

傍晚，我拿着《黑猫警长》的DVD到南垚家与他分享，不料看到精彩处，南垚的爸爸突然来对我说妈妈要我马上回去准备去老家，我便叫南垚将DVD取出来我要带回家。南垚一再请求我借给他看几天，都被我拒绝了，我担心他的弟弟会把我的碟片弄花了。当着他爸爸妈妈的面拒绝了他，确实有些不好，回头也有些后悔。结果确实证实了这一点，后果的确很严重，至少对我造成了极大的影响。

"你看人家有碟也不借你看，亏你还天天和她在一起玩呢！"南垚说，"当时你走后，我妈妈就是这样对我说的。"望着南垚诚实的面庞，我感受到了从未有过的羞愧，还有难过。这是我第一次听到大人在背后说我的坏话，虽然我不确定这算不算坏话，但是我知道这不是赞美我的话。真有些不敢相信，整日天花乱坠地夸奖我的南垚的妈妈，有一天也会这样说我。人类真的是一种善变的动物。同时，我也为南垚对我胜于对他妈妈的忠诚而感到高兴。

城池的故事还在一天天上演，我们也在一天天长大。

互补关系

暖 夏

我有我的长处，你也有你的短处。

这句话是高才生苏良楚送我的名言警句，附赠一个超值白眼。

好吧我承认，人和人智力上的确是有差别的，要不世界上怎么有IQ这种东西，有人IQ值是70而有人是140？上帝老头不会平分给每个人蛋黄派，你的很有可能就是变质的一份。这个道理在我光荣地变成苏良楚同桌之后深刻体会到了。

班主任把我叫到办公室，用心良苦地教导我，"林夜啊，在理科方面要好好地向你同桌学习，你看看……"他不知道从哪儿掏出一张成绩表，"你就算是偏科也忒出神入化了吧，这简直就是天南地北啊……"

我尽量把头低到地板上，用悲痛的语调回答，"老师，我上初三的时候数学老师得了心脏病，化学老师得了肺炎，物理老师得了脑瘤，是良性的。"我听见旁边正在喝水的某无辜老师"噗"地把水全喷到桌子上，那木头都要发芽了。

班主任无奈地叹口气，最后说，"好好学，还能考个外国语学院，回去吧。"

相较之下苏良楚的借口比我的高雅了许多，听说他对老师解释他文科不好的原因是——他初三时语文、英语老师双双出国深造去了，他咋不说他语文、英语老师双双被选成宇航员上天了呢？

大概因为我的借口更烂，也可能因为苏良楚长得更花，花见花开车见车爆胎，老师们总是更倾向苏良楚，带着点宠溺的口气提问苏良楚，然后在他说出正确的答案后，欣慰地让他坐下，尤其是数学老师。

此时，她又叫起了她亲爱的高才生，"苏良楚，你来解这道题。"

他用四种方法做完了那道我根本看不懂的题目，我听见我前面的女生发出了混杂N种情愫的惊叹声。

"林夜，你解释一下这个根号是怎么回事。"数学老师的睥睨眼神又扫了过来，我用向周围8个人发出一遍求救信号的速度站了起来，高才生正装模作样地看书，剩下的耸耸肩，爱莫能助。我可怜巴巴地盯着老师，努力使自己看上去无辜一些，"大概……大概因为……它走错地方了……"

全班发出一阵哄笑。数学老师痛心疾首地看着我，"林夜，你还能再搞笑一些吗？"

我低调回答，"应该还行。"全班基本上笑得算是惨绝人寰了，一群没同情心的家伙，难道你们把快乐建立在我的痛苦之上就不觉得硌脚吗……

下课之后苏良楚转过头很钦佩地对我说，"同桌，你真是太强大了。"

我谦卑地回答，"还行吧。"

他继续说，"我从来没有见过数学考59分的女生上课还敢和老师叫嚣。"

我唯一的想法就是用我手中刚刚画完抛物线的铅笔去刺穿他的心脏，但我没有，我要同样用语言羞辱他。于是我露出优雅的笑容，"谢谢夸奖。但我不晓得一个英语考到60分的家伙，怎么会笑话他英语考120分的intelligent、excellent、cute and perfect的同桌。"虽然我向来痛恨英汉混杂着讲话，但我相信如果我用英语说出来，他一定会做出相当爱国的痴呆表现。对一个呆子说出优美动人的语句他无法理解，就更谈不上羞辱了，所以我要在他思想上限的边缘打击他，让他知难而退。

苏良楚果然瞪大眼睛，表情痴呆。

他的思想大概还滞留在intelligent的意思上，然后死机了。

很快我便知道为什么苏良楚的理科基本满分，英语、语文却烂得要命，因为他一上这两门课就把课本立起来，之后睡觉。让我吃惊的是他的睡眠效果极其好，无论老师们的大嗓门如何轰炸，他都能在1分钟内迅速睡着，且拒绝与外界沟通。有次老师提问他，后面的同学使劲踹了他凳子一下，他惺忪着睡眼爬起来，迷糊地向四周望了望，我连忙低声添一句，"下课了。"于是他"哦"了一声，呢喃一句"老师再见"又趴下继续昏睡过去。全班笑得岂止是惨绝人寰，老师是气得七窍生烟，之后他被请进办公室整整一上午。最终结果是，我们结仇了。

结仇就是邻里关系彻底破裂。别的同桌其乐融融笑脸相迎，我们这边都是冷冷清清的，还外带战火的硝烟。大概被老师说得突然开了窍，苏良楚上课很少睡觉了，加上他的智商优势，结果期中考试的时候他英语"噌"地考到80分，而我数学却还停留在及格的边缘，不小心就要滑下悬崖，跌得尸骨无存。

我寻思着这么下去不是个办法，他再这样飞速进步下去我很有可能被踩到窒息，我也得找根藤蔓向上爬。于是我千方百计想办法弥补破裂的邻里关系，我想方设法地找话题跟苏良楚说话。

"同桌，我可不可以用用你的圆规？我的忘在家里了。"

"不可以。"苏良楚冷冷地说，"你今天已经问我借过一次作业本、两次自动笔和七次橡皮了。"

"同桌，我在路上听见有女生谈论你耶！说你长得英俊潇洒玉树临风……"

苏良楚又冷冷地打断我，"我刚才明明听见你在校门口骂我冷血。"

这个人实在是不可理喻了，尤其是最近一段时间，在我背课文的时候突然大声读英语第一册第一课第一段，问他题的时候他也是搪塞了事爱理不理的样子。

有一天我终于忍不住了，我叫住正要出去打篮球的苏良楚，"高才生我怎么招你惹你了，你态度就不能好点？"大概因为我嗓门有点大，周围的人都停住看我们。

苏良楚有点不耐烦，"你烦不烦啊。"说完他抱着球就出去了。大家都赶紧各忙各的装作什么也没看见，我有点蔫地愣在原地，脸涨得通红。过了好一会儿才愣愣地坐好，抽出一本数学练习题来做，我握着笔写方程式的时候都觉得手在忍不住发抖。

我不知道自己是不是想哭，好像我总是为了一点小事就莫名其妙地沮丧——可是，我并不知道自己错在哪里。

下午放学的时候，苏良楚的哥们儿叫住我，他说，"最近苏良楚家里有点事情，他心情不好，上午的事你别在意。"

我一愣，然后摇摇头，"没什么。可能是我出了什么问题。"

之后我们之间有种更尴尬的气氛，我总是闷着头写数学题，一页一页地写，不会的就圈出来，去问数学老师。而他在学什么我不知道，我只知道，这次考试我数学又不及格。

看着满目疮痍的错卷，我突然觉得很委屈，我一直努力地做题努力地订正，为什么我的成绩没有进步？为什么？好像不受指示的，我的眼泪突然吧嗒吧嗒落下来，大滴大滴地落在试卷上，晕出一片片模糊的笔迹。

突然有只手递过来一张纸巾，然后是淡淡的声音，"哭什么，又不是哭了就能考好成绩。"

我扯过纸巾一边擦眼泪一边接着哭，"不哭就能有好成绩了吗？你要是那么努力学习还考得特别烂能不哭吗？"越说越伤心，我觉得我像窦娥一样悲惨，莫名其妙地被同桌骂，考试成绩还总是不理想，越想越冤，越冤越哭，于是我直接扯开嗓子哭，哭得岂止是很悲惨，上帝见了都不忍心再给我变质的蛋黄派了。

于是苏良楚叹口气，握着笔在我的卷子上一划，"这道题应该是从后面的式子变形来算的，将y用x来表示……"

拜我一哭所赐，高才生终于肯理我了。

虽然代价是哭过之后我的眼睛的确很像桃子，被苏良楚狠狠笑了一顿，但他说他之前心情不好真是抱歉的时候，我突然觉得这个世界春暖花开真是好美好哇……

但他的教人方式我的确……不敢恭维。

"……这是个 y 不是 z，你个笨蛋。"苏良楚的表情是"世界上怎么有你这么笨的家伙"。

"还有比你差的家伙吗？"

我可怜巴巴地看着他，"还有吧。"

苏良楚仰天长叹，"我真是太同情数学老师了……"

同样，苏良楚对于英语时态的混乱也让我不敢恭维，他有时连将来时和过去时都无法分清，让他不能理解的是"为什么英语单词有'过去时'和'过去分词'以及'现在分词'之说"。所以遇到单词的过去时他一律加

"ed"，我无语地看见他满本子的"comed、meeted"之类的单词。

纵然这样，鉴于我实在是"优秀的教导者"，他终于可以接受am、is、are都是be的形式这个真理了，而我的数学终于得以考到85分以上。

期末总结班会上，班主任面色红润地表扬了我和苏良楚，我俩终于光荣地闯进了年级前20名，让他好歹有个教学成功的案例。

"这样的互补关系其实也不错嘛。"苏良楚突然说。

我一愣，看见他正一本正经地改英语完形填空。半晌，我笑起来，"是啊，真是好极啦。"

时 光 机

谢擎蒿

从抽屉里钻出来的人

我喜欢我的房间，也特别喜欢我的小书桌，它是那种近似透明的蓝色。每天坐在这张桌子前，透过窗户看看天上的云卷云舒，享受阵阵清风吹拂，我都会无比惬意。

可是不知道为什么，我的小书桌最近好像出了点儿毛病，它总是神经质地抖来抖去，有时甚至会掉落一些木屑灰，这不由得让我有些愠怒。所幸的是，这样的情况持续了几天就恢复了正常。正当我以为生活即将趋于平静的时候，一件令我瞠目的事发生了——我的书桌里钻出了一个人！

是的，如果我没看错的话，从我书桌里钻出来的这个不明生物体有着一具人类的躯体，也有着一张人类的面孔——即使他的脑袋上还粘着一张硕大的蜘蛛网。他不紧不慢地从抽屉里爬出来，抬头看了我一眼，颇有礼貌地问道："请问这是2009年百合路56号许清小姐的家吗？"——彼时我还未从惊吓中反应过来，只能呆呆地回答："是的，我就是。""那么，"这个从我书桌里钻出来的家伙拍了拍衣服上的灰尘，"这次总算没弄错。许清小姐，请允许我介绍一下自己。我叫马丁，来自23世纪……哦，别打我！我知道你不信，可是请你先听我说完。我是来自23世纪的森水星宇宙生态绿色协会的会长，这次我来到21世纪的地球，是为了参与一项研究活动。"我看着马丁缓缓说完这些话，大脑却来不及消化："什么？森水星？23世纪？哦，天呐！我一定是在做梦！"说罢，我掐了掐自己，手臂上传来的真实疼痛感证明了一切都是现实。"森水星是一颗各方面都类似于地球的星球，它存在一种特殊的磁场，可以干扰任何探测器的信号，所以人类一直都没有发现森水星的存在。至于我是怎样从23世纪来到这儿的，要归功于你们星球上的一本漫画书，我们从中获得灵感，发明了'抽屉型时光机'——要知道我们森水星人的智商比你们地球人高了不止1000倍，发明出这种东西并不难。"说到这儿，马丁脸上露出自豪的表情，"至于我此行的目的，我可以告诉你，但请你保守秘密。""那当然，这件事我绝对不会让第三个人知道。""虽然我们森水星人与你们地球人在外表上并无差异，但我们森水星人的平均寿命只有20岁，所以星球规定每位森水星公民在年满15周岁时必须领取一个机械身体。刚开始大家对这一政策都感到欢欣鼓舞，能多活个几十年也没什么人不乐意。但是随着时间的推移，人们渐渐发现了这项政策的许多弊端，机械的身体带来的是机械的心，森水星的人们逐渐失去了他们所有的情感，没有感情的永生，那是生的桎梏！你能体会到那种感受吗？"看着情绪越来越激动的马丁，一时间我也不知道该怎么办。我的表情变得有些僵硬："虽然我没有亲身体验过，但我想这种感觉一定不好受。你是为了这个才到地球来的吗？那么，你为什么选中我？为什么不去23世纪的地球呢？""百合路56号是我们时光机着陆的最佳落地点，至于我们为什么不去23世纪的地球……"马丁顿了顿，嘴角的笑透露了他的一丝嘲讽，"实话告诉你吧，23世纪的地球早已破烂不堪，生物更是所剩无几，但是21世纪的地球生活是我们森水星人比较满意的。我这次来地球的目的就是采集你们生活的点滴，然后带回森水星作研究。不过话说回来，坐着这时光机还真不好受。"

森水星的机械身体

就这样，马丁便在我家住了下来，当然这是在他付了一大笔钱后我才勉强答应的。

又是一天的中午，我做好饭后便招呼马丁尝尝我的拿手好菜。谁知道他看到那桌丰盛的午餐，竟然瞪大了眼睛问我："这是什么？"我差点没端起一盘子菜直接扣到他脸上。"你不会没吃过这样的食物吧？""嗯，我从没有在森水星上见过这个。为了保护身体，森水星上所有人从小就喝一种特殊的营养液，直到有了机械身体，我们便可以什么都不吃。""天呐，那也太恐怖了吧！"对此，我只能发出这样的感慨，"既然你已经有了机械身体，那吃点这个应该也没有什么问题吧？而且，我的厨艺可是一等一的棒哦！"我极力鼓动马丁尝尝我做的食物。如果他说好吃，回森水星帮我宣传宣传，那我可就发财了。但接下来的事情让我的美梦瞬间破灭，马丁尝了尝摆在面前的食物，脸上却是一种捉摸不透的表情。"怎么样？"我急切地问道。"不好意思，我……尝不出它的味道。"说完这句话后，整个屋子都被寂静灌满。在长时间的沉默之后，他突然开口："我想，这应该也是我们无法解脱的原因之一吧。虽然我们的智商超越地球人，但是我们的感觉器官却在迅速退化。有时候我会想，这到底是一种进化，还是彻彻底底的退化呢？"马丁安静下来，他英俊的脸上写满了落寞。窗外的阳光倾泻下来，像是舞台灯光一样落在他的脸庞上，很好看。我能感受到他强烈的悲伤。它们散落在空气里，把我紧紧包围，钻进我皮肤的每个孔隙里面。"其实……你也不用伤心。人一辈子的遗憾事多着呢！呐，你虽然尝不出食物的味道，但你不是拥有无止境的生命嘛！我们地球上有句话叫作'有失必有得'，你能明白吗？"我实在不知道该说什么，只想找点话题来打破僵局。"哦，我当然能明白。"马丁又露出了他绅士的微笑，"这也许就是拥有机械身体的悲哀吧。"马丁缓缓地吐出了这句话。虽然他说得极轻，我仍听得清清楚楚。"那么，你们地球人还有什么别的习性吗？或者说嗜好。""那就要看是什么时代了。"我努力摆出一副老学究的样子，"现在的人们，业余生活无非是上网，逛街，结婚生子，无聊至极。但古时的人们就不同了，你知道唐诗、宋词、元曲吗？古时的文人雅士，或抚琴轻吟，或清茶浅酌。一首首诗歌，语语浓艳，字字流葩。像是我最喜欢的'万里桥边女校书'薛涛，她的'水国蒹葭夜有霜，月寒山色共苍苍。谁言千里自今夕，离梦杳如关塞长。'就似晴空一气，虽是短幅，可其中有的是无限蕴藉，藏着无数曲折呢。如果能像古人一样，泛舟于碧湖之上，拍岸缓歌，这样的人生，该是多么精彩啊。"一讲到我所向往的那个如同水乡般美好的年代，我就变得激动起来。当我看到马丁愣愣的眼神时，意识到了自己的失态。"你说的，我不太明白。在森水星上，从古到今，人们仿佛从一出生开始就在进行疯狂的科学研究，所以现在森水星的科技才会如此发达。我从来没有接触过你说的那些东西，森水星的人们都认为那是毫无意义的。"我眼中闪过一丝失望，但马上打起了精神来。"既然你要调查，那我就尽我最大的能力来帮助你吧！"

接下来的日子可以说是我人生中最忙碌的时刻，我从图书馆借来了一大堆书籍，并且买来了很多的碟片。马丁经常捧着书一坐就是一天，没过多久我借来的书他就全部看完了——这情形很像是电脑扫描，所有的书籍他都只是略微看一眼，但当我随意抽出一本问他时，他竟可以完完整整地将书的内容甚至详细的页码都说出来，他每每看到我目瞪口呆的样子就觉得十分好笑。我甚至觉得，若是能有这种类似于超能力的速记能力，做个森水星人也不错。马丁似乎不需要睡眠，每每到了天黑他便开始看我借来的碟片，不管什么类型的都看，但马丁无论看哪张都是同一个表情——或许也可以说是面无表情。有一天我下载了几个比较搞笑的综艺节目叫他一起看，在我笑到癫狂的时候他仍是没有一点反应。我很好奇地问道："你觉得不好笑吗？""不，"马丁盯着屏幕，"虽然不怎么有趣，可是也不算无聊——比在森水星上永无止境的研究好多了。"

痛苦的离别

在我的"调教"下，马丁的生活越来越地球化，我甚至拖着他去过几次游乐园，还发现他对过山车产生了浓厚的兴趣。我没有问过他什么时候会回森水星去，但是不知道为什么，随着日子一天天流逝，内心一种不安的感觉越来越浓烈。这天吃晚饭的时候，我看到马丁又拿出了一个PS2一样的东西，对于这个东西我很好奇，可是马丁就是不肯告诉我那是什么。马丁看了一眼屏幕上忽然闪现的三个红点，脸色突然变得很奇怪。随即他便喃喃自语道："终于还是要走了。""走？你要回去了吗？马丁？你要走了？你还会回来吗？"内心的不安感终于被证实，此刻我却突然变得无比平静，连我自己都惊讶于这种像是"你今天会出去买东西吗"之类没有什么感情的问话。"不知道，"马丁突然很反常地对我微笑了一下，"应该不会了吧，如果他们肯放过我的话。""'他们'是谁？"在马丁还没有来得及回答我的时候，房间内突然变得一片漆黑，地面也开始剧烈地震动起来。"天啊！地震了吗？"我吓得紧紧抓住了马丁的手……所有的异象都恢复了正常。我眼前突然出现了三个穿着黑色制服的男子，为首的一个留着酒红色的长发。"马丁，你还真是难找啊。"为首的男子说。马丁头也不抬，脸上的表情冰冷无比："苏克，你是来抓我回去的吧？""马丁先生，你违反了《森水星居民条例》第42条，即不得未经国会批准私自离开星球。还有，马丁先生，你作为'时光研究计划'的领头人，居然利用这个工程潜逃，我们会依法起诉你。"我脑子里"嗡"的一下全乱了，可笑的是那一瞬间我首先想到的居然是"这个森水星警官也看港剧吗"，然后才想到问他们："你们为什么要抓马丁回去？""小姐，"那个叫苏克的男人望了我一眼，"森水星是一颗神秘的星球，我们绝对不允许任何其他星球的人知道它的存在，也不许森水星公民私自离开本星球。上一个逃到你们地球来的家伙也真是不走运，居然到了地球的侏罗纪时代。但是为了保护本星球的机密，我们只好把当时地球上那些生物都灭绝了。""什……什么？恐龙的灭绝是你们弄的？那我……"我惊恐地瞪大了眼，想到那些恐龙的下场，再想到我也是个知情人，那么……"请你放心，"苏克甩了甩他的长发，"近些年来我们森水星已经人性化了很多，我们会对所有的知情者使用一种光波，被照射的人会将脑海里的特定记忆自主删除，再也不会记得跟森水星有关的任何事情。"听完这句话，我长长地舒了一口气，可是又觉得有点不太对劲。"那这么说的话，就意味着我要忘记马丁？""那当然，马丁是森水星居民，所有有关森水星的记忆都会被删除。""不！我不要！"内心的愤怒突然熊熊燃烧，我"腾"地站起来，摆出泼妇骂街的架势，一手叉腰一手指着苏克："早听说你们森水星的人冷酷无情，我今天总算是见识到了！你们知道什么叫'人权'吗？你们知道什么叫'人身自由'吗？像你们这样逼着所有人都做同一件单调无聊的事，到底有什么意义呢？这样的星球连乒乓球都不如！乒乓球起码还可以弹弹跳跳充满活力，可是你们呢？你们死板沉重。发展科技本来就是为了让人们生活得更好，你们有没有想过科技的意义到底是什么啊！"等我说完的时候，满屋子的人都瞪大了眼睛望着我，连马丁脸上也是一副不可思议的表情。说完这番话，我顿时觉得畅快无比。苏克此时也恢复了镇静，他开口道："也许……也许你并没有说错，但这毕竟只是你个人的想法。不管怎么说，我们是一定要把马丁带回去的。对不起，打扰了，请你接受记忆清洗吧。"话音刚落，苏克身后的一个光头男人拿着一个奇形怪状的东西朝我走来，我瞬间就失去了知觉……

马丁归来

我叫许清，住在百合路56号，今天早上醒来发现自己居然睡在地板上。最近的怪事可真是不少。我打开电视，早间新闻里说昨晚在百合路附近发现了UFO。咦？百合路？不就是我家附近吗？我怎么什么都不知道？我削了一个苹果躺在沙发上，唉，总觉得这样的生活好像少了点什么，日子这样一天天过，还真是有点无聊。

时光一晃而过，直到有一天晚上，我突然做了一个梦，梦到有一个外星人乘坐时光机来到我家，我和他成了好朋友，后来他又被抓了回去。梦醒之后我仍觉得回味无穷，这个梦仿佛成了一味调料，让我干枯单调的生活有了一点色彩。我走向我最喜欢的小书桌，准备开始一天的工作，它却开始剧烈地摇动。正当我惊恐万分时，我的书桌里钻出了一个类似人的生物——虽然他的脑袋上还挂着蜘蛛网，他对我笑笑，从书桌里跳出来，这个场景突然让我备感熟悉。

在一片逆光之中，我听到一个声音："小清，我回来了。"

120

夏小树的愿望

Shadow 菲

一

夏小树遇见简珈白的那个秋天，市里的游乐场正在改建。住在游乐场后面那条巷子的、在房间里温习功课或是看电影听歌的夏小树，常常会忍不住朝窗外望去。在高空中作业的建筑工人们，机器的轰鸣，还在安装中的摩天轮和旋转木马，都让她觉得新奇有趣。最有趣的是，夏小树常常在傍晚时看见简珈白，他单车骑得飞快，一只手里提着饭盒，吹着口哨穿过她居住的这条街。有风轻轻吹过时，他的白衬衫就被风灌得满满的，一下子膨胀起来。好多次，夏小树托着腮帮子趴在阳台上朝下望，看见简珈白从巷子的这头穿越至那头，然后右转，一点点从她眼前消失，消失不见。

二

有一回夏小树把耳朵里塞满音乐，趴在阳台上数对面游乐场里的摩天轮的个数，简珈白从楼下经过，在巷子中间突然停止脚下的运动，抬起头望向夏小树，"喂喂喂！"夏小树有些茫然，摘了耳机，"什么？"简珈白就笑了，"你的MP3快掉下来了。"

夏小树还没回过神，简珈白又骑上车，在夕阳的余晖里飞奔离去。那一刻，夏小树觉得整条街脚步都突然静了。

三

父母的争吵从隔壁房间传来，夏小树把脑袋埋进被窝里，仍听得见妈妈低声的啜泣。窗外面，月亮挂在还未完工的摩天轮上，无比冷清。

妈妈说，爸爸和别的女人好上了。

夏小树不知道怎么安慰她，看着她在叹气声里落下的眼泪，却湿了自己的心。

趿着拖鞋下楼，在铺满青石板的巷子里散步。已经是深秋了，夜风很凉，昏暗的路灯把影子拖得老长老长。夏小树蹲在路边，想着刚刚那一幕——妈妈的厮打与纠缠，爸爸在烟雾里长时间地沉默，最后问她，我们离婚，你跟谁。想着想着，她把头搁在膝盖上，哭了起来。

单车的叮当声突然划过寂静的小巷，"嘎吱"一下又停住。

"你……你怎么了？"好听的男声在耳旁。夏小树抬起头，眼前那张干净帅气的脸属于简珈白。她看着他把单车停在路灯下，把饭盒放在扶手前的车篓里，再弯下身，小心翼翼地又问，"怎么了？怎么这么晚还不回家？"

夏小树说："我丢了钥匙。"简珈白就像听了一个笑话，"你就穿着拖鞋在外面溜达了一天？"

然后两个人都笑了起来。

四

夏小树坐在简珈白的单车后面，紧紧拽着他的外套，在呼呼的风声里问他："你每天给谁送饭？"

"我爸爸。"简珈白腾出右手，指着高空中的摩天轮，"他在游乐场施工。"

"哦。"夏小树心想，难怪。

"我妈妈开的奶茶店，喏，从这条巷子出去，左转再左转，有机会带你去喝。"

夏小树点头答应，晃着两条瘦长的小腿，从巷头到巷尾，再从巷尾到巷头。直到简珈白说，很晚了，你该回家睡觉了。我也得回家了，要不我妈得急了。

他把夏小树送到最初讲话的路灯下，跟她说再见。夏小树在他转身的瞬间低声说："我爸妈要离婚了。"她看见他映在青石板上推着单车的薄凉的影子微微怔了一下，回过头安慰地对她微笑，一脸的稚气，"没关系的。"

夏小树就想，嗯，没关系的。

五

游乐场的施工还在进行，父母的争吵也在继续，反复说离婚，又纠缠不清。夏小树心里清楚，他们在为自己究竟跟谁的问题为难。有时候夏小树会在书桌前给爸爸或妈妈写信，写她对幸福生活的质疑，对未知生活的恐惧。写好了就撕掉，撕掉了又继续写。放学后给爸爸送饭的简珈白在楼下一声声地喊，"夏小树，下来，我请你喝奶茶。"她就赶紧披上外套飞奔下楼，坐在简珈白的单车后面，喝掉一杯奶茶。他载着她，在游乐场门口停住，把饭盒送去给爸爸。有时候他会赶紧出来，把夏小树再载回去，有时候是夏小树一个人，捧着喝空的奶茶杯，独自离开。

夏小树的青春期，像行驶在青石板上的单车，小心翼翼，又快乐又惆怅。

六

夏小树决定跟踪爸爸。她跟在他身后，看着他穿过一条又一条街，拐了不知道多少个弯，在一栋小楼前停下。开门的是一个妖艳的年轻女人，二十来岁的样子。她看见爸爸进了门，很久都没有出来。她固执地站在楼下等，想着如果敲门，是该哀求还是咒骂，是哀求那个女人离开不要伤害妈妈，还是咒骂她破坏了自己原本幸福的家。

就这样想着，没有结果。而爸爸，直到很晚都没有出来。

妈妈因为自杀进了医院。夏小树在游乐场门口找到简珈白的时候，哭得很厉害。她请他陪自己一起去找那个女人。

简珈白摁了门铃，女人把头伸出来，很警觉地问："你们找谁？"夏小树控制不住情绪，一直在哭，扑过去就扯着她的手，"好好地干吗非破坏别人家庭？干吗非当第三者？你知不知道我妈都自杀进医院了！"吼得歇斯底里。女人显然被吓住，急忙挣脱，想要关门，夏小树堵在门口。简珈白木讷地站在一旁，不知所措。

回家的路上，天已经黑透，简珈白脱了外套披在夏小树身上，想要安慰她，又不知道如何开口。在巷子口碰见夏小树的爸爸，他走近，劈头盖脸一阵怒骂，"小小年纪就谈恋爱，你还要脸不要？"夏小树仰起头，毫不示弱，"许你有情人就不许我谈恋爱？"

爸爸黑着脸，气到不行，"你是不是去找她了？"说着就扬起手掌，夏小树依旧仰着脸，一副干脆撕破脸的样子。巴掌却没有落下来，被简珈白挡住了。他瘦高的个子，挡在夏小树面前，想要同她父亲理论。他说："叔叔，你不可以这样对她。"

简简单单一句话，毫无气势，却叫他停止了动作，叫她突然伏在他胸前号啕大哭。

七

妈妈从医院里回来后，父母关系似乎缓和了些，起码那些刺耳的争吵是少了。夏小树在房间里看书，妈妈会端了水果进来，爸爸偶尔也旁敲侧击，提醒她要把心思都放在学习上。

日子似乎就平淡了起来。只是简珈白似乎突然消失了，夏小树想过去寻找他，但是游乐场的摩天轮已经建好，他自然也没有理由再骑单车天天去送饭了。

夏小树突然发现自己对简珈白的了解少得可怜，她只知道简珈白读市一中，今年高一，其他都一无所知。

124

爸爸似乎看穿她的心事，他不动声色地说："我和那个阿姨已经断了。"言外之意分外明确：你的恋爱也可以结束了。

夏小树只是觉得心口堵得慌。不该是这样的，简珈白怎么可以用来做交易，这根本不是一对一平等的兑换啊。可是这些话夏小树说不出口，她拼了命地做题，一心只想要考到一中去。

考到一中就可以离开这个压抑的家去住校了，考到一中就可以看到简珈白了。夏小树只要想想就觉得很美好。

八

成绩下来那天父母喜形于色，夏小树毫无意外地考上了市一中。晚上，妈妈破天荒地做了好多好吃的，都是夏小树喜欢的。爸爸也很开心，拿出了珍藏多年的好酒。

"来，我敬我们女儿一杯！祝贺女儿金榜题名！"

"谢谢爸爸。"夏小树想，自己的努力终于没白费，她靠自己的力量挽回了几乎破裂的家庭，并且马上就能再见到简珈白了。夏小树觉得老天对自己还是很好的，至少努力了，愿望就能实现。

九

高中开学第一天，夏小树注册好学籍后便慌忙去高二部一个教室一个教室找简珈白。长长的走廊走下来都没看到他的身影。夏小树想：没关系，他肯定有事情出去了。

后来的几天，夏小树一直没有放弃在校园里搜寻简珈白，当然，都没有结果。夏小树有些不安了：怎么回事呢，他不在这里？

十

后来夏小树还是在一中看到了简珈白，不过不是在教室，而是在学校篮球场，他正一个人拿着拖把奋力地拖着空旷的地。夏小树眼睛湿润了，她喏喏地喊："简珈白！"

简珈白的背颤抖了一下，想回头还是忍住了。他的手指紧紧地握着拖把，他想夏小树果然是最棒的，她果然凭自己的努力考上了市一中。

"简珈白！"夏小树又喊他。

简珈白知道自己不能在这儿待了，他不能在夏小树面前暴露出自己最狼狈的一面。夏小树考进这里来了，那么，自己的存在就没有意义了吧。当初骗她说自己是这里的学生，鼓励她考进来，现在，自己的任务结束了。他扔下拖把飞快地往校门口跑去。

夏小树站在那里泪雨滂沱。

简珈白，你这个大笨蛋，是清洁工有什么关系，不是高中生又有什么关系，我喜欢和你做朋友啊，我只是喜欢你啊！

十一

简珈白仿佛彻底从这个城市消失了，夏小树突然不伤心不难过了。她渐渐明白，成长的路上是一段一段的甜蜜和忧伤，她已经享受过简珈白带给自己的甜蜜，她想如果勉强简珈白留在这里和自己在一起，他的自尊心一定会受不了的。

既然这样，夏小树愿意充满甜蜜地每天回忆着和他在一起时的美好记忆。

夏小树第一次发现，想念一个人，也可以如此幸福。

而在城市另一头的简珈白，在心底暗暗地说：夏小树，请你一定，一定要幸福啊！

126

我的同桌从乡下来

符榕

一

我一直是个生活在蜜罐里的孩子。

2005年8月的时候，我以不错的成绩留在母校的重点班读高一。

同桌是从农村来的。我们班的农村孩子挺少，也就5个，但偏巧就让我碰上了一个。他个子不高，很瘦，有着黄土高原人特有的粗犷。衣着有些老土，有的有些短，有的起了线球，但是很干净。我们同桌两个星期，彼此仍然一句话都没说过。我觉得和这样的人没什么好说的，没有共同爱好，他又是个书呆子，从小经历的也不一样，他似乎也是对学习之外的事情没有任何兴趣。那天上课我正看小说看得入神，同桌猛地撞了一下我的胳膊，我下意识地把课本盖住了那本《彼岸花》，接着，老师就从我身旁缓缓走过。我转过头去，同桌不好意思地笑了一下，然后转过头继续听课。也就是从那个时候开始，我才和他说话了。

同桌真的是那种书呆子的类型，就连JAY是谁都不知道。当我为"超女"疯狂的时候，他默默地做着题；当我捧着小四的书看得如醉如痴的时候，他在数学书上勾来画去地圈重点……怎么会有这种人？我真的不理解。比如说他连莎士比亚是谁都不知道，更别提余秋雨了。上计算机课的时候，他也不做老师布置的任务，只是拿本化学书背元素周期表。在我眼里，同桌就像个老古董一样。

有一次，他很小声地问我："姚明是干吗的？"当我把这句话学给别人的时候，大家笑得前仰后合，同桌的脸顿时红得像七月的太阳。我觉察到了事情的严重，于是一个劲儿道歉，我说我这人就是直肠子。最后，好脾气的同桌也没有再说什么，这件事就不了了之了。

二

我和媛媛常常在学校附近的餐馆吃饭，一顿饭加起来至少也要花一二十元，当然，我们也不算奢侈的，因为刘胖每天晚饭就要花五十多元。这样的吃法渐渐形成了习惯。直到那天，我见到同桌在肯德基对门的饼店买了一个饼，然后喝了一碗稀粥，这两样加起来也就一元钱。当时我就愣了，这些东西怎么能补充营养呢？我父母总说学习很费脑子，要吃好的，在吃这方面他们从不让我吝啬。以后的几天，我总是能在肯德基里面透过玻璃看到同桌在那家小店里喝稀粥。于是不禁为他担心：天天吃怎么可能忍受得了？！

那天中午，我和媛媛也买了个饼，没有菜，发现根本吃不下去，饼噎在喉咙里上不去下不来，急忙灌了许多水。又想起同桌孤单地吃饭的背影，我鼻子都酸了。一扭头，媛媛也是一副痛苦不堪的样子。

我突然觉得同桌在我心中不一样了。说实话我挺同情他的，同时，也挺佩服他的。

128

三

那天下课的时候，媛媛让我们都躲在后面悄悄地看着，她说她会办成一件大事。

媛媛大摇大摆地走到我的座位边和同桌说了几句话，虽然听不到她说什么，但我分明看到同桌低下了头。媛媛走向我们的时候，高兴地示意我们看一场好戏。我回到座位上，同桌的脸色很不好看，他一直咬着嘴唇，眼睛盯着习题册，手紧紧地捏着笔。我能感觉到他内心极度压抑着的愤怒，即使他没有言语。

看到他这个样子，我不由得有些紧张。我问他："你……没事吧？"他没理我，我又问了一遍，他还是没有理我。我本来就好面子，忍不住对他喊："你生气可以，但不要给我脸色看，我又没招你！"他惊愕地抬起头，原本愤怒的脸上多了分伤心。看到他很无辜的样子，我心中燃烧着的熊熊大火顿时熄灭了。我缓缓地坐了下来，又问了他一遍，到底怎么了。他这才压低了声音愤愤地说："人不可有傲气，但不可无傲骨！"他那样子分明愤怒到了极点。

接下来的这节课我真的是生不如死。同桌的头偏得远远的，只留了一个后脑勺给我，让我欲言又止。罢了罢了，他不理我，我也不理他。下课铃响的时候，我实在忍不住了，使劲地把那本厚厚的书摔在桌子上，同学们全都转过头，目光"刷"地集中在我俩身上。摔完书，我吼了一声："给我说清楚！"同桌转过脸，我发现他眼中满是泪水，他咬着嘴唇，死死地盯着我的鞋。这个动作让我有点儿缺氧。我正一头雾水的时候，媛媛把我拉了出去。在走廊里，媛媛很后悔地对我说："我只想和他开个玩笑，所以我跟他说你觉得他的鞋子好土。谁知道他反应这么……"

我不能自控地大声喊了起来："难道你不知道每个人都有自尊的吗？你不要以为每一个人都跟你一样富有，他和你不一样！"

媛媛用不屑的眼神瞟着我说："不就开个玩笑吗，一会儿解释清楚就得了呗，你看你现在跟他学得越来越开不起玩笑了。这有什么啊，我知道我有点过分，但你这么对我吼，有必要吗……"

我没有听她说下去，扭头就走了。

我能够体会到同桌心中的感觉，因为那天他穿的是一双手工缝制的布鞋。

回到教室以后，我一直在偷偷地瞄着他，他似乎也是心不在焉的样子。

我撕了一张纸写道：很对不起，刚才向你发火，现在我郑重地道歉。但是，今天的事情我确实不知道，我也并没有说过那样的话。

他写道：不是你说的？

我写道：嗯，不是我，我压根儿不知道这个事情。

他写道：不是你就好，她们怎么能……

我写道：她们也不是故意的，你也知道我们都是爱开玩笑的。其实，你的鞋很漂亮。

他写道：呵呵，那是我奶奶给我做的呢。

我看到他脸上露出笑容，顿时舒心了很多。

后来同桌又写了这样一段话：有时候我真的很羡慕你们，我和你们生下来就不一样。人家都说命运掌握在自己手里，我家没穷到让我上不起学的地步，可是我差点就进不来这所学校，因为花钱太多了。后来学校说有奖学金，我才拼了命考上了，要不然……有些人幸福地生活了一辈子，有些人劳而无功地打拼了一辈子，都说上帝是公平的，实际上一点儿都不公平。不公平我也不会过多抱怨，但是每个人都有自尊的，从小我就怕人家说我家穷。我这样好面子其实是不好的，可是……我知道你们也不是故意去揭别人的伤疤，那是因为你们不懂。所以大家都要互相理解对方。

放学的时候，我没有和媛媛说话。我突然觉得我们都是极其低俗的人，什么都不懂。我们像井底之蛙一样，只知道靠父母的钱来浑浑噩噩地过日子，从来不懂得为周围的人考虑。

四

有了这件事，我和同桌的距离拉近了很多。

我们一直互相帮助着，我也不再把又贵又没营养的零食当饭吃了，上课的时候也很认真地做笔记，下课时偶尔也会趴在桌子上问他题。他也改变了很多，会看一看莎士比亚的书，上计算机课也认真了很多。

五

期中考试以后，他因为成绩优异转到实验班去了，那是真正属于他的地方。此时，我和媛媛依旧形同陌路，两个人谁也没有打算先开口。那段时间我特别郁闷。

那天在走廊碰到同桌，他微笑着和我打招呼。这时媛媛从我们身边默默走过，同桌说："你们还没和好？你们那么多年的友谊了，不要因为误会而被破坏，彼此好好想一下吧。"我想想也对，其实媛媛也不是有意的。看着她最近时常一个人孤单地走在路上，我也有些后悔。

次日，我给媛媛打电话让她出来逛街，听得出她很诧异。

坐在小花园的喷泉旁边，我们沉默了好久。后来，媛媛轻声对我说："从今天开始，我们都做乖孩子吧，好好学习，天天向上，像你同桌那样，上课认真听，不再乱花钱，听父母的话。好吗？"

我看着媛媛清澈的眸子，说："嗯。"

明天开始，低调、安静、乖巧地生活。

同桌的明天又会是怎样呢？一定会很好的，我想。

手　机

王　婧

"海岚，电话！"妈妈有些不耐烦地朝我喊道。

我跑过去，拿起电话小心地说："你好，我是海岚。"

"海岚，你现在可以出来一下吗？"一听到简霖的声音我就有些忧虑了。我略带为难地看了看正心不在焉地看着电视的妈妈，刚想拒绝，那边又传来简霖匆忙的声音，"我在小区门口等你。"

"是关于主题班会的事吗？"我故意把声音提高了几分贝，即使我不这样大声，我说的话妈妈也能听得清清楚楚。

"妈，老师安排曾溪哲和我买主题班会的道具。他现在叫我……"我有些不安地说。

"就是那个总排在年级第一的曾溪哲吗？"妈妈问。

我不自然地点点头。妈妈脸上的表情随即"由阴转晴"，"去吧！"

"什么事？"我问简霖。"那个……这里不方便说，到'西格拉'说吧。"他说着就要走，见我站在原地不动，又补上一句，"是关于手机的事！"我只好灰溜溜地跟着他走进小区不远处的一家冷饮店。

简霖、曾溪哲和我在同一个班级，一直以来我们都是很要好的朋友。我们又是同一个小区的，每天早晨7点半，他们都会准时出现在小区门口等候我。简霖手里通常握着的是牛奶和面包，而溪哲手里拿着的更多的是不同科目的参考书，他会帮我把解决不了的题轻而易举地解出来，第二天再给我讲解……这些都深深地感动着我。

然而牙齿也会有咬到舌头的一天。上星期我从简霖那借来了他刚买的新款音乐手机玩，后来让溪哲把手机还回去。看着溪哲转身走向简霖空着的座位的背影，我感到很温暖。可是就在那一天，简霖的手机竟然不翼而飞了！我们找遍了所有能想到的地方，还是一无所获。

"算了，丢了就丢了吧，"最后我无奈地望了简霖一眼，"我会赔给你的。""赔？你用什么来赔？"他面无表情地说。"不就是个'三星E848'吗？我说过赔你的就一定赔！"说完，我气呼呼地转身走了。

　　溪哲跑上来，"手机丢了也有我的责任，我和你一起赔！""不！我自己赔！"我朝他大喊，然后撒腿就跑。"你别太在意，简霖说这话不是针对你，他的意思不是你想象的那样……"他朝我的背影大喊。

　　如果推倒凳子的是简霖，那么每次帮他扶起凳子的那个人总是溪哲。

　　曾溪哲学习好又通情达理，我像所有的女生一样仰慕他。他平日里也愿意倾听我的烦恼，然后耐心地为我解开一个个心结。

　　"手机事件"之后，我一直在省吃俭用，想方设法地攒钱，有时不吃早点也不吃晚饭，饿得实在不行了，溪哲会给我递来一个面包，我知道他也在攒钱……

　　"喝什么？"简霖一句话把我拉回了现实中。"柠檬汁。"我答。"其实，我是想和你说声对不起……那天我太冲动了……"他小心地说。"我知道。但是手机丢了责任在我，我一定会赔你的。""大家都有责任，我不要你赔！"

　　"对于手机的丢失你有什么想法？"他一本正经地问。"我们班同学的素质应该不会这么差吧？"我说。"也不可能是其他班的同学，因为这期间教室里一直有人。"他分析着。这时服务员已经把柠檬汁端上来了，我大大地吸了一口，"那你的意思是……"我觉得现在的他颇有几分柯南的样子。

　　"丢失前，手机最后是在谁的手中？""曾……"我刚要说出曾溪哲的名字，猛地意识到什么，"你怀疑他？"我生气地说。"现在不能排除任何可能。"他自作聪明地说。"你太过分了！"我愤怒地站起来。"事实本就如此。"他故作镇定继续说道。我一激动，随手抓起桌上只喝了一口的柠檬汁朝他泼去。

　　"OH！NO！我的KAPPA！"在他的惊叫声中我愤怒而又潇洒地走出了"西格拉"，之后就一直没理他。

　　主题班会上老师首先表扬了溪哲，说他把上次考全年级第一的奖学金全部捐给了学校的贫困同学，顿时同学们掌声雷动。

接着同学们发表了对早恋的看法。有的说要避免，有的说不支持也不反对，还有的公开表示支持，简霖就是支持这一观点的最好代表，他一本正经地说："每一个人的青春只有一次，怎么也要让它有点色彩！"结果他受到了老师的严厉批评，老师告诫同学们千万不要有简霖同学这样的想法。

我和溪哲都保持中立，感觉这种东西离自己都还很远，暂时触及不到，没必要去想。

老师说，前程也只有一次，无论如何都要保持理智（这句话貌似针对简霖）。话一说完，大家都笑翻了。"最近简霖同学的手机被盗，希望拿手机那个同学能把手机悄悄还回去，那么我既往不咎。"老师说这话的时候我突然感觉特别难受。"海岚，待会儿来我办公室一趟。"班会结束时老师说道。

同学们都向我投来了异样的目光。"星期天我看到她和简霖一起在'西格拉'悠闲呢！""就是啊，总是和两个男生搞得不清不白的……"走出门的时候我听到他们在我身后小声议论。

"海岚，有同学向我反映你和简霖周末一起在'西格拉'玩，每天你都和他一起上下学……"老师说。"是的。"我如实回答。"我想有些事情你是知道的，有些东西离你们的确很远……"老师耐心得像教育一个问题少年一样开始"劝导"我。"老师，其实我是……"我刚想解释。

"这些老师都知道，你还向他泼了水，如果是分手了，那最好。你刚才也听到了简霖的发言吧？我觉得女生嘛毕竟要比男生懂事些……老师也是为了你好，好好把握自己吧。"最后她不给我一点解释的机会就叫我回家了。

天空有些阴沉，我看见简霖还在学校门口等我，没有见到溪哲。一路上，我们一直保持着沉默。到家的时候，天空下起了小雨。简霖这个大笨蛋竟然一直站在我家楼下不肯走，任凭雨越下越大。我从窗口唤他回家，可是他依旧低着头不肯走。我偷偷打电话给溪哲，他果然不一会儿就赶到了，硬是将简霖拉走了。事后溪哲对我说，他赶到的时候简霖口中一直念着"海岚，对不起，对不起……"

我原谅了简霖，依旧和他们在一起，我坚持自己的立场——身正不怕影子斜！我也依旧在攒钱，想赔偿简霖的损失，虽然他无数次地说过不要我还。

我上网查了一下，大概要攒到1600元左右才能弄到一个"三星E848"。我为自己算了一笔小账：我每个月的生活费是150元，尽量不用一个月也只能节省下100元左右吧，加上以前的压岁钱1300元，也就是说这种惨淡的日子我还要继续过3个月！天！这种不吃早点、不买零食、不买自己喜欢的漫画的日子还真难熬！但说过要赔他就一定得赔！

我从未觉得我的生活会是这样曲折多彩的。那天放学，溪哲去倒垃圾，我去洗拖把，简霖留在教室摆弄桌椅。

"爸，今天大扫除，我要晚点……"简霖看着一下子闯进教室正拎着水淋淋的拖把的我，愣住了，好半天才说出"回家"二字。我站在那里什么话也说不出来，用惊讶的表情看着他。溪哲来了，身后的他也明显吃了一惊，愣在那里一动不动。

一切都静止了，我们像在出演一部哑剧一样，并且被人迅速地按下了"暂停键"。我想如果我是这部戏剧的观众的话，看到这里我一定会旁若无人、开心地哈哈大笑起来——因为此刻的简霖手中正拿着他无数次在众人面前炫耀的"三星E848"。

"海岚，你听我解释……"简霖放下手中的书包，向我这边跑来。"简霖，我不会原谅你的！"我退后了两步，望着他说道，随即转身跑开。这次他们谁也没来追我。

一路上，我边跑边讽刺地想：这一次又将会是谁来帮助简霖扶起这把被他推倒在地的早已摔得破烂不堪的"椅子"呢？

简霖3天没来上学了。

每天自己一个人去上学还真有些寂寞。我记得就在一个星期前，我们约好要为期末考作准备，一起讨论作业；下午放学在学校吃饭，简霖和溪哲为我排队，帮我打饭；天热的时候会有人递来一根冰棍……

我告诉自己：日子还是要继续，海岚，你必须勇敢一些，以后的路还很长呢！

"简霖病了，我们去看看他吧。"放学后溪哲对我说，这是他这些天来

第一次和我说话。我朝他点点头。"顺便告诉你一些事。"他面无表情地补了一句。

简霖的妈妈很热情地把我们带到了简霖的房间，我看到他躺在床上，苍白的脸上挤出了一个开心的笑。溪哲关切地问："好些了吗？""好多了，谢谢你们来看我。"他小声说。我在一旁尴尬地站着，不知道说什么。

随即溪哲从口袋里掏出了一个黑色的手机，"简霖，这是你的手机，现在物归原主……对不起……"说完他就低下头。"没关系。其实我早就猜到是你了。"简霖平静地说。我像个傻瓜一样焦急地看着眼前这一幕，"这个手机是……"

"这个手机才是简霖的。"溪哲说。"可是，那天大扫除我们明明看到那个手机就在他手中啊！"我不解地望着溪哲。"我爸爸买了两个一模一样的手机，其中一个给了我。那天我恰好把另外一个手机带来用。"简霖先说道，"我那天想追上去对你说的就是这个，但被溪哲给拦住了。"

"可是……唉……怎么会这样？"我抓狂地说。"海岚，我们先回去吧。简霖需要休息。"溪哲说。"好啊。现在你也知道真相了，我的病很快就会好的。"他笑着对我说。"早日康复。"溪哲说完后就走出了房间。

"对不起……"我愧疚地看着简霖，他还在微笑，好像在说"放心，我不怪你"一样。我回复了他一个微笑匆匆走出了房间，但是我想只有他才知道我的那个笑一定比哭还难看。

"我们走了。"溪哲对简霖爸爸说。"下次再来！好好照顾你妈。"他爸爸说。"好的，爸爸。"我听见溪哲小声地回复。

我再一次被雷倒了——溪哲叫简霖的爸爸"爸爸"！

"我可以想象你现在有多惊讶。我和简霖是同父异母的兄弟。"溪哲平静地说着，"爸爸在我两岁的时候和我妈妈离婚，可是妈妈还总是教育我要爱爸爸……接下来的事你可以想象，因为嫉妒我把简霖的手机偷了，我就是看不惯他这样癫狂地在同学们面前炫耀爸爸买给他的东西，本来只是想给他一个教训的……"

"但是没想到会发展成这样。"我接着他的话说。"是的，我忘记了你是个意外。我并不想伤害你，也不想让简霖难过，毕竟我是他哥哥。"

溪哲说。

"怪不得我有这种感觉——总觉得你对他就像哥哥对弟弟一样，原来你们真的是兄弟！"事情终于搞清楚了，大大地舒了一口气，"知错就改还是好孩子！"眼前的溪哲一脸的愧疚，"对不起。"

"没关系，我不怪你。"我认真地说，"我可以理解你那时的想法，换成我或许也忍受不了他那样。我们都会原谅你的，毕竟每个人都有犯错的时候，不要再自责了……"

很快就到了我家楼下，我刚要上楼。"海岚！你等等！"我转身意外地看到了溪哲身后脸色还有些苍白的简霖。

"我想当着海岚的面把这个手机还给你，因为这个手机本来就属于你。"简霖转向溪哲认真地说，"其实爸爸买的两个手机有一个是你的，他托我拿给你。我很喜欢这款手机，就私自留下来想多玩几天，想等同学们稀奇劲儿过了再给你……"

简霖将手机递过来，溪哲呆呆地望着眼前的"三星E848"，没有去接。简霖将手机硬塞进溪哲的手里，"是你的就是你的，有些东西，我抢也抢不走，留也留不住！"留下这句话他就走了。

看着简霖离去的身影，溪哲一动不动地站在原地。他低下了头，我看不清楚他的表情，隐约中我看到了几滴晶亮的泪珠从他的脸上掉落下来……

我想简霖说得对，就像他们俩，可以得到手机，但彼此都抢不走一个父亲对儿子最深沉、最特殊的爱！

第二天早晨，我刚到楼下就看见两个熟悉的身影，其中一个手里拿着面包和牛奶向这边张望着，另外一个手中拿着《状元之路》焦急地催促着："你快来，你看这题的思路是这样的……""先喝牛奶吧！补充能量再好好学习！"

我抬起头看看明朗的天空，觉得今天的阳光格外明媚。

在此期间，我们的友情就像简霖的手机一样——失而复得。哦！不对，它们从来都没有丢失过！

生生不息

暖　夏

一

下午茶的时间，我捧一杯奶茶，坐在公园的长椅上消磨时光。奶茶馥郁芬芳，身后草地的泥草清香悠然而来。

眼前的低洼地里是一汪水塘，里面游满了五彩斑斓的鱼，一条曲折小径贯穿水塘，上面行走着零星行人。还有无聊的学生坐在岸边抛着从食堂里带来的馒头，密密的游鱼徘徊在周围，争相探出水面抢着馒头渣，"啵啵"地搅着水波。

我在上面懒散地看着，终于明白为什么这里的鱼个个长得体型肥硕，至于味道是否鲜美那就不晓得了。

此时的公园是热闹的。

不远处的木制走台上有拍婚纱照的情侣，白色婚纱轻轻铺在地上，迤逦开一片柔软，长发的造型师正指导准新郎摆一个又帅又温柔的POSE。再远一点的长椅上正坐着一位老人，旁边趴着一只哈巴狗，尾巴蜷在一旁，正享受阳光的安抚。四周点缀的，是穿着制服三三两两闲逛的学生。

我深吸一口奶茶，唇齿留香。

"阿澈！快来看鱼呀！太好看了！"小兔在下面的小径上大声招呼我，手臂摇成了波浪状。

没错，现在是周三的下午茶时间，往常这个时候，我要坐在教室里上数学课，但是现在我在公园的长椅上发呆，全班同学都在公园里闲逛。

确切点儿说，现在是期中考试结束的下午，几个小时前，老班欣然接受班长的怂恿，联通一楼六个班，租了大巴来本市最漂亮、最有气质的银河公

138

园，悠然享受紧张考试后的美妙时光。

因此，就有了以上那一幕。

我四平八稳地坐在椅子上，完全不受影响，"我有一种坐愁红颜老的迟暮之感。"

"迟暮你个头啦！快点儿下来照相！"小兔在下面怒吼。

"好啦好啦。"我懒懒地起身，顺手把空掉的奶茶抛到左手边的垃圾箱，奶茶杯完美地落到垃圾箱里。

空投。果然我的左手投掷是最准的。

我自得地想着，转过天桥下去拍照了。

"偷得浮生半日闲"说的就是现在了。

二

学校里开了校本课，我看了一遍长长的晃眼的目录，便一指英文原声影视欣赏，满意地挑眉，就是它了。本质上完全是抱着对阶梯教室巨大幕布的憧憬而来的。

开课的第一节看的是由Charles Dickens原著改编的《Oliver Twist》，开场前整个阶梯教室都是闹哄哄的，每个班一纵列，大家都颇有新鲜感地前后交谈，带着特有的引人注意的字词与口气。

前面痕痕舒服地仰倒在柔软质感的座椅里，差点睡死过去。

开场时全场迅速静下来，Oliver那张忧伤的脸静静地出现在屏幕上，跟着步履蹒跚的大胖子寂寂走在阴暗的街道。我立刻被那种浓郁的忧伤气氛和金色的西方气息深深吸引了，沉浸在这个古老的故事里。

影片里村庄的明亮色彩与伦敦的灰色石头形成鲜明的对比，到西克被意外吊死的时候，我完全被吸引了。那夜阴暗的气氛，灰色的瓦，铅云中独露一点清冷的月，照着浅灰的伦敦。

一阵沉默中，痕痕传了纸条过来，看着上面的字迹，我仿佛听见了那虔诚的呢喃——"看，一场多么绝妙的绞刑。"

于是死心塌地爱上了校本课，每周等到这一天都要雄赳赳、气昂昂地奔

139

第四部分 截一段青春时光，给老去的我们

赴阶梯教室。

谁知最没毅力的永远是校本课里面的原声电影类,第二周投影仪坏掉,第三周学校高三"摸底"用阶梯教室,第四周被期中考试占掉。

直到目前,我们还停留在简·爱让那个脾性古怪的家伙胯下的马神魂颠倒的情节里停滞不前。

"唉,投大股果然有风险。"第无数次校本自习后,留在班里的众人们完全死心。

三

期中考试成绩发下来的那一天,众人们犹如凤凰涅槃,死去活来浴火重生。

小兔毫无疑问地坐在第一的宝座上,同桌人烟看着前面小兔毫不谦虚的张牙舞爪的举动,端正地微笑着,但是嘴里吐出来的句子却十分恶毒,"胜利者多的是淫威。"啊呀,这句话怎么这么耳熟?

后面的两位仁兄对话也相当经典。

悲伤的声音:"又不及格……"

悲悯的声音:"发一科成绩,不及格一科……你盼啥啊?"

两人果然志同道合。

全班大多数学生都像沙丁鱼一样挤得面目全非,如果用一句话来总结众人心声,那绝对是:主啊!请允许我升上天堂3秒钟。

四

开始进行听力练习的时候,教室里仍是闹哄哄的,不断有人推门进来,把听力测试挤得断断续续,我努力听音辨形,终敌不过喧闹,干脆丢下笔发呆。

这时人烟拎了袋子进来,我皱着眉仔细观察那袋子里诡异的东西,"那是什么?"

"速溶咖啡。"人烟煞有介事地回答。

只见她从容地从那满满一袋子雀巢速溶咖啡里挑出一包，撕开倒进杯子里，和着腾腾热水飘出浓郁的咖啡醇香。

一节晚自习后，她便倒在桌子上睡得不省人事，任谁都摇不起她。

效果有点太过明显？

第二天清晨来教室上早读的时候，发现人烟目光炯炯地坐在座位上，眼睛如铜铃。

我坐下，她继续炯炯地直勾勾地看过来，"今天深夜两点起床之后一直就这样，睡不着了。"

我崇敬地从垃圾袋里掏出那包咖啡残骸，仔细地记下具体名称，决心下次凌晨起来看球赛准备咖啡时，一定专挑这牌子。

五

也许是因为又矮、脑袋又大、宛若婴儿的语文老师今天穿了一套笔挺的西装，打了领带；也许是因为隔壁校草今天从门前经过的频率要高些，人烟竟然大脑发昏地讲冷笑话。那些笑话是如此的冷，以致我不知道该摆出怎样的表情来表达我内心复杂的情绪，于是我说，"为了感谢你，我唱儿歌吧。"

人烟连忙摆手制止，"别唱！会遭天——"

"砰"的一声，人烟的句子戛然而止。她斜前方的灯柜应声大幅度摇摆，几个来回之后，一根悬挂的绳线又"嗒"的断裂，整个灯柜劈头盖脸地横挂下来，全班一阵放声尖叫，特别是事发重灾区里，那可是娇弱女生的汇聚地。

全场一片混乱，闯祸的男生吓得待在门口，而被投出的凶手——篮球一弹一弹滚在地上，无辜地躲到角落里去了。

"——谴。"人烟终于抽空完成了她的句子，目瞪口呆。

接下来的几日，在后勤部的人修缮灯柜以前，任课老师们都要表情纠结地面对灯柜讲课。人烟则深有体会："你，还是别唱歌了。"

六

心理课的时候做了一份诡异的"症状自评量表"，上面写着"SCL-90"。老师问"90"是什么意思。

我们充分发挥想象力，"1990年产的吧。""90后。"老师气定神闲，"一共90道题。"

我们听后都无比沮丧。之后做测试，一共五大项，有一项是专门测神经病的，看我平时上蹿下跳心理畸形的模样，人烟非常确定地下结论，"我看你离神经病不远了。"

虽然听上去别扭，但我还是很赞同的，因此我非常紧张地出去上洗手间溜达了一趟，稳定心绪回来答卷。测完之后，人烟望着她的测评表，"我怎么这么多病？"

我淡然，"我完全正常。"

事实证明，心理测试这种东西，正常人是做不得的。

七

请将快乐交给我，我会悉心保管，让它生生不息。

第五部分

17岁，我不做你的王语嫣

　　我们走在大街上，开心地说着未来想要上的大学，憧憬着象牙塔的美好。段呈突然间问道："两位美女，等到高考结束后你们还会想起我吗？"我和小桐一起说："如果你练就了'六脉神剑'，我们俩就会考虑偶尔想一下你！"

　　暗黄的路灯下，17岁的我们都笑了，那是发自内心的幸福的笑。

　　　　　　　　　　　　——文安萱萱《17岁，我不做你的王语嫣》

17岁，我不做你的王语嫣

文安萱萱

一

"陈晨，你会做段昱的王语嫣吗？"

那时，我喜欢的草莓味冰淇淋正在我手中迅速融化，粉红色的甜蜜顺着指间流淌，滴落。而此时，那个叫段昱的男生正坐在我旁边，还傻傻地盯着大屏幕看着男女主角行走于大片的油菜花地间，这是一个经典而唯美的镜头。

讲这句话的不是段昱，而是吴小桐。

我的拳头狠狠地砸在小桐的身上，说："吴小桐，你再乱讲话，我宰了你！"我顺手牵羊拿过了小桐手里的爆米花，大把大把地塞进嘴里，还嘟哝着："真不知道他爸妈是不是没看过《天龙八部》，取这样的名字，知不知道这侵犯金庸的著作权啊！"

骂过之后，电影散场。我拉着小桐迅速离开那个黑暗的空间，仿佛在逃离邪恶的魔爪。

此时，段昱正气喘吁吁地追在我们后面。我在公交站台刹住脚步，回过头看他笨笨的样子，大笑道："哈哈，追不上了吧！今天谢谢你请客啊！"

走过斑马线，我听见了段昱的声音："明天上课别迟到啊！"回头向他挥手时，见到他站在孤单的公交站台上，风把他宽大的校服吹得鼓鼓的，很像一个大气球飘在夜色中。

二

记得我是在开学军训时认识吴小桐的，那时的她长发披肩，留着整齐的刘海儿，笑起来的时候还有两个小小的酒窝，看上去像天使一般温和。

可是相处久了以后才发现，我完全被吴小桐美丽端庄的外表给欺骗了。吴小桐简直就是传说中被形容为"人不可貌相，海水不可斗量"的人物。她不仅五音不全地唱"小酒窝，长睫毛，是你最美的记号"，还很自恋地说："陈晨，这是JJ唱给我的歌耶！"说这句话的时候，她甚至不会忘记捅捅自己的小酒窝。

我和她共同租了一个小房子，住在了一块儿。

认识段昱是因为他的名字。那天，我在公布的分班表上见到他的名字时，忍不住哈哈大笑道："什么？段昱？我还'六脉神剑'呢！"立刻，后面就传来一个很好听的男声："同学，请尊重一下别人喽！"我一回头，见到一张眉目明朗的脸。小桐拉拉我的手，说，"这就是段昱。"我立马像犯错的小孩儿一样沉默了……

记忆中和小桐一块儿住的第一个晚上，当窗外路灯散发出的暗暗的光温和地打在被窝上时，小桐揽住我的胳膊，喃喃地问道："陈晨，你有喜欢的人吗？"

"喜欢的人？应该没有吧！那你呢？"

"我呀，有一个，不过他不知道我喜欢他。"她说这句话的时候，眼睛笑得眯成一条缝。

我见她那花痴样，连忙按住她，"好啊，从实招来，是不是'六脉神剑'段昱啊？"

"不是，你不认识啦！"她依旧露出幸福的微笑。

看吧，连我们的小魔女小桐都有了喜欢的男生了，我们真的长大了。

记忆到此戛然而止，我被小桐那鬼哭狼嚎的歌声再一次拉回了现实之中。

三

这样冗长的夏天一直在一种恍恍惚惚的日子中继续……

天放亮很久后，我才睡眼蒙眬地从被窝中爬起来，洗漱完毕，随即听到了敲门声。

打开门，夏日早晨的阳光正调皮地透过法国梧桐树叶间的缝隙斑驳地落在我身上，一个眉目精致的少年，蓝色的T恤与额头上渗出的汗水，一起形成了一幅纯真的画面闯进了我的视野。

我的花痴梦还没做完，他就耀武扬威地敲着我的头，喊道："小晨晨，还在睡啊，快迟到啦！吴小桐那疯丫头怎么没有叫你啊？"

"什么？"我揉了揉惺忪的眼睛，连忙看表，啊？7点了！我才想起小桐今天早上去晨练了，她说会直接去学校，不回来了。

"天哪，怎么办啊？死小桐，气死我了！"

段昱扬起袖子擦了擦额头上的汗水，说："走吧，我载你去！"

我赶快跳上了段昱的单车，扬长而去。

此时，夏日的阳光暖暖地渲染了一层金黄色的光环，罩在我们头顶上。段昱的身上摇曳着斑斓的树影，风把他的衬衣吹得鼓鼓的，我闻到了他身上散发出的淡淡香皂味道。

"段昱，你特意载我啊？"

"路过啊！"他假装漫不经心地回答。

"你当我白痴啊，一个东一个西，怎么路过？"

"买早点不可以啊？我就乐意！"

我一下子笑出了声音，明明是他害怕我迟到啊，还故意这样！

四

我越来越享受这种温暖的感觉了，它们密密麻麻地填补了我生活中的所有空白，就像温暖的阳光一样，好似可以把所有的阴影都照亮。

下晚自习时，段昱很绅士地把我们的书包放在他自行车上，然后一直陪我们到家。他说，害怕书包把我们压得太娇小，又显得他太高大。路灯下，三个人的影子靠在一起，仿佛是三个不离不弃的好朋友。

段昱突然间停下脚步，拽着小桐的马尾说道："喂，小桐，下次你再一个人走掉，不叫小晨晨起床，我饶不了你！"

小桐捅捅我的胳膊，疑惑地说："他怎么知道啊？"

我看隐瞒不住了，只能将早上的事情告诉她。她顿了一下，立刻恢复平时玩世不恭的样子说："好啊，今天只是偶然失误嘛！你小子还当护花使者啦？"她迅速对着段昱的肩膀狠狠地甩了一掌。她那个时候吊儿郎当的样子真的一点儿也不像个女生。

段昱连忙拿我们的书包来挡，嘴里在说："吴小桐，你还是不是女生啊？"小桐依旧桀骜不驯地笑，大声地嚷嚷着打段昱。

不久以后我才明白，或许当日我们谁也没有看见她眼里暗藏的忧伤，她隐藏得那么完美。

那时的我想，友情是什么呢？应该就是我和小桐这样手牵手一起走过无数个黑色的夜晚吧，可是，我和段昱间超越友情又不是爱情的叫作什么感情呢？

五

小城又开始进入秋季，今年的秋天好像来得特别早，风一吹，学校里的法国梧桐就落了一地的树叶，踩上去，有着沙沙的声音传入耳朵。

"这次学校的作文大赛，你怎么连个优秀奖都没拿到？陈晨，你到底怎么回事啊？"语文老师推了推眼镜，瞪着我，她的眼神看上去好像我是一个十恶不赦的罪人似的。我一直站在她的面前，听着她的一句句责骂，沉默不语。

从办公室出来的时候，夕阳无限美好，只是我有些落寞。

段昱从后面跑过来，他说："小晨晨，没关系的啊！你真的很棒啊！"

我还是忍不住哭了，温润的眼泪渐渐打湿了段昱的肩膀。

段昱的肩膀很是神奇，靠上去的时候，我有一种安定的感觉，这种感觉很奇怪，它甚至可以赶走所有的悲伤和孤单。

段昱轻轻地在我耳边说，"陈晨，我喜欢你。"

我望着他认真的眼神，连忙推开他，对他大声说道，"对不起，我们只做朋友，好不好？"

说完，我转身跑掉了。对不起，段昱，我不想失去太多东西，所以只能这样。

可是，段昱，我怎么可以告诉你这一切呢？

譬如，小桐曾抱住我哭着说，她喜欢的男生喜欢上别人，可是她却又无法讨厌那个女孩；譬如，我越来越感觉到小桐口中的那个男生很像你，这种感觉越强烈，我就越害怕；譬如，我曾无意中发现小桐在本子上写下很多很多个"段昱"，然后又将那些纸全部撕掉；譬如，我的文章是被小桐撕碎扔进了风里，而不是邮箱，我真切地看到这一幕，却不敢说破……

所以从始至终，两个女孩都喜欢上了你这个名字怪怪的男生，小桐更是喜欢你到无可救药。我害怕失去你，更害怕失去小桐，我只想好好珍惜你们。

所以，17岁，不做你的王语嫣，好不好？

六

回到家的时候，小桐正在听MP3，见我回来，她连忙上前说："陈晨，你去哪了啊？"她的眼神依然是楚楚动人的，可是，我却第一次对那样的眼神充满了不信任感。

"语文老师为了这次作文大赛的事把我叫到办公室了！"我也是第一次很冷淡地对她讲话。

我很抱歉，小桐，我真的不能当什么都没有发生一样。

空气中好似充斥着一种很难闻的味道，湿湿的，有点像霉变的东西散发出来的腐败气息。

那个夜晚，我和小桐一直沉默，我写我的日记，她听她的歌。熄灯睡觉时，她翻转身，用背对着我，我好像看到了她的肩膀在微微地颤抖。我不知道自己是不是有点残忍，我想对她说一句安慰的话，可是话到嘴边又咽了下去。

冷战一直持续到第二天的清晨，当我醒来时，她说，"陈晨，对不起。"她把事件的前因后果都给我讲了。她一直低着头，不敢直视我，可是泪珠却滑过她漂亮的脸蛋，滴落到地板上。

我瞬间抱住了小桐，哭着说："小桐，你知道你对我有多重要，我一点儿也不怪你。我们还是好朋友的，对不对？"小桐用力地点点头，然后擦干了她的眼泪，又替我擦着眼泪。

温暖而甜蜜的拥抱终于化解了所有的干戈，那些年少纯纯的爱与深厚的友谊都将成为我们记忆中最美的桥段。真的，我们还是好朋友。

七

日子简简单单地度过，之后的我们绝口不提曾经的一切。我和小桐依旧每天一起起床，上学，睡觉，我们还是亲密无间的好朋友。而段昱呢，也依然竭尽全力地对我们好。

我们走在大街上，开心地说着未来想要上的大学，憧憬着象牙塔的美好。段昱突然间问道："两位美女，等到高考结束后你们还会想起我吗？"我和小桐一起说："如果你练就了'六脉神剑'，我们俩就会考虑偶尔想一下你！"

暗黄的路灯下，17岁的我们都笑了，发自内心的幸福的笑。

飞走了

Sweetymiyavi

一

我曾经对释由说，皮肤有点黑的男生很帅，很有阳刚气概。

那年我大概看多了香港黑社会题材的电影，固执地迷恋与黑色有关的一切。在别人都花痴美少年的时候，我却在课本上涂涂画画，勾勒出一个古惑仔的形象，他一定是穿着黑色的外套，身材修长，皮肤黝黑，有一双黑得泛蓝的眼睛。

可惜释由不是这样的男孩子，他嗓音柔软，说话措辞得体，皮肤苍白得近乎病态，眼珠是比常人还浅一号的浅灰色，他穿色调温暖的衣服，身材倒是瘦高瘦高，像能被阵风吹倒似的。

释由笑了笑，我问："你笑什么？"他轻声回答，"他就在窗外。"

我回过头从窗口探出身去，看到不远处正和一群人走过来的孟西幻，脸立刻就红了，"为什么你会知道啊？"

释由摇了摇头，"我不知道，是猜的。"

我关上窗，随手拿起铅笔在纸上描了几笔，傻瓜一样逼着释由看，"像不像？"

他单纯地点了点头。

那一年，我情窦初开，智商几乎是零。

二

释由会弹吉他，在我看来是那么厉害的事。

他第一次弹给我听，唱的是朴树的《白桦林》，声音是那么干净，至今我都记得歌词，后来它成为我最喜欢的一首歌："静静的村庄飘着白的雪，阴霾的天空下鸽子飞翔，白桦树刻着那两个名字，他们发誓相爱用尽这一生……"

他手指细长，而我完全相反，学按吉他和弦怎么也按不响，他一遍一遍耐心教着，最后我仰天长叹，实在没有学这玩意儿的天赋。释由便咬唇轻笑，抱过吉他继续弹给我听。

接近傍晚的时候，释由送我回家，一路上我叽叽喳喳地对他说古天乐，他认真地听着。半路有人拦住我们，问他，"你是言释由对不对？"

拦我们的人是孟西幻，那一刻简直让我震惊，大脑一片空白地待在一旁听他们交谈。孟西幻蓄着长却清爽的头发，脸庞精致，耳朵上戴着纯黑的十字架耳坠，皮肤黝黑，十足的不良少年。他说，"我们正在组建乐队，释由你考虑一下，可不可以做吉他手？"

我看着释由清澈的眼睛，心脏扑通乱跳。孟西幻从他破破烂烂的牛仔裤的口袋里拿出一张纸条，递给释由，"下个星期给我回复吧，这是我的手机号。"

释由侧头看了我一眼，伸手接过他的手机号码，说，"不用考虑，我答应。"

孟西幻满意地笑了，笑得既邪气又迷人。但自始至终，他的目光都定格在释由的身上，没有看我一眼。等他走后，释由把那张纸条放在我手里，问我，"你希望我加入乐队吗？"

我不好意思地抿嘴，手指却捏得格外紧，生怕弄丢了它。

"嗯，小睿，"他温柔地看着我，"只要你希望，我会的。"

我小声地说："谢谢。"

释由没再说话，背着他的民谣吉他向前走去，风吹过来把他单薄的衣服灌满，让我在某一个瞬间恍惚觉得他就快要生出一对翅膀，轻轻地飞起来……那是什么样的感觉，当时我怎么也想不起来，那样的景象像梦境一般。现在我才发现，是天使，释由……是一个天使般的少年吧。

三

那只是两个月前的事。

说不清楚为什么我会被小混混盯上。那几个人在路上堵住我，要我的手机号码，我撒谎说没有。他们不死心，常常在遇见我时嘻嘻哈哈叫我的名字。我很慌张，又不敢告诉家人。有时下晚自习回家，他们就鬼鬼祟祟地跟踪我，我怕极了。

孟西幻便是那时出现的。

他的家和我的家在同一方向，我们顺路，他好像发现了我的窘迫，有意无意地放慢脚步，我想都不想就跟上去，他退在我身后，跟着我慢慢走，那几个小混混立刻一哄而散，再也没来找过我。

第二天我就打听到了他的名字，在听女生谈起"经常逃课打架，跟社会青年来往"之类的话时，也只是在心里不服气替他辩白：什么呀！但他心肠很好，这样就够了。

后来看川端康成的《舞姬》里面有一个皮肤黑黑的松板，波子说他有"妖精似的"美貌，我想，这不就是孟西幻吗……

四

释由托着下巴对我说："你可以试着写几首歌词啊。"

我立刻兴奋起来，"真的吗？我行吗？"

他点点头，略微枯黄的发丝随着动作晃动了两下。窗外有个女生叫他的名字，"释由，言释由……"他便起身出去。我偷偷朝外望，一个皮肤苍白得不像样的女孩站在那里，大大的黑眼睛像极了精灵，美得令人心颤。不是我们学校的人，至少，不是我们年级的人，我从来没见过她。

刹那间，我莫名其妙地有点沮丧。释由走过去与她说了什么，她仰着头回答他，表情起初是笑，温柔得一塌糊涂，但过了会儿释由就转身回教室，她着急地拉他，被他挣脱，结果她哭起来，释由头也不回地把她丢下。

152

我头一次看到释由对女生这么不绅士的样子。

有很多女孩追他，漂亮的，不漂亮的，他一视同仁，情书拒收，礼物拒收，约会拒绝，但他始终是温文尔雅的，会得体、委婉地说"抱歉"，碰上格外脆弱的，他甚至会安慰。

我问他，"释由，这是怎么回事？"

他不回答，只是微微笑着，"要不要去吃冰？"

这下可把我肚子里的馋虫勾了出来，我一兴奋就把那可怜的女生给忘到了后脑勺，匆匆收拾好书包就跟他走了出去。

五

我点了两大杯冰糕，和释由一人一杯吃得不亦乐乎，他吃得极慢，含笑对我说，"吃慢一点儿。"

我腾出空抬起头，"你喜欢什么样的女孩子呢？"

他略微一怔，惊讶地看着我。

我继续问，"你会喜欢谁呢？"

那么多女孩，漂亮的，温柔的，成绩好的，心肠好的，有个性的，有才情的，怎么不见他喜欢哪一个？

"小睿，你看，"释由伸出他的手，放在我的手边，他说，"看到了吗？"

他的皮肤苍白得透明，羸弱的手腕处螺蛳骨触目惊心地突兀，而我的手相比之下小小圆圆的，泛着淡淡的绯红。

我傻笑，"什么呀？"

他认真地说，"我很羡慕你，这么有活力的样子。"

"什么活力？"

来不及多想，孟西幻走过来在他身边坐下，说了句："我来晚了。"释由不动声色地抽回手，"没事。"

孟西幻乐了，"就知道你会这么说。"他把目光投向我，"这是你女朋友？"

我紧张得脸通红。

释由淡淡地说，"是表妹。"

他似乎早就做好了说谎的准备，说得不慌不忙的，一本正经，算计好了似的。

"你表妹真多啊，"孟西幻又看了我一眼，"一个比一个漂亮。"

说得我心花怒放。

释由替他叫了杯冰糕，又说，"她文笔好，你不是说要找人写词吗？"

孟西幻说，"对，对。"他笑起来时会不好意思地用手摸头发，明眸皓齿的，看上去那样美好。他问我，"你叫什么名字？"

我告诉了他，他把手机拿出来给我，让我拨一下自己的手机号码，《白桦林》的铃声从我的口袋里飘出，孟西幻的表情欣喜，"哎，她也喜欢这首歌？"

那一刻我对释由，除了感激，还是感激，快乐得差点哭了。

六

但释由没能等到乐队第一首歌写完，便去了美国。

我顺利地与孟西幻成了很好的朋友，也只是朋友而已。他知道我喜欢他，是我自己对他说的，他开开心心地说"谢谢"，过后我们便自动忘了那样的事，假装什么也没发生，继续来往，做单纯的朋友。我问他记不记得几个月前帮助过一个女生赶走坏人，那女生很感激他。他一脸茫然地说不记得。

有时，想起释由，我们忍不住一阵唏嘘。

越洋电话费很贵，释由总在白天的时候打给我，匆匆忙忙地互相问候，仿佛都在怕话会说不完一样。事实上每次我们都会在一段时间里陷入沉默，这奢侈浪费的沉默。我问，"释由，几点了呢？"

他说得很准确，跟我腕表上的数字分秒不差。我说，"不，我是问你那里的时间。"

释由那边是午夜。他说，"我睡不着，所以给你打电话。"我说："哦哦，你要注意身体，就这样。"他挂断，仅此而已。

西幻偶尔看到了，就问一句，"是释由的电话吗？"

我说："是。"

他说："真是的，刚答应跟我组乐队，就跑了，不够意思。"

我刚要替释由说话，他又嘻嘻哈哈笑起来，"不过还好，多亏了他，不然我怎么会认识你。"

后来，我打电话把西幻的那句话告诉释由，我问他，"男生都喜欢这样玩暧昧吗？明明不喜欢却还要给人希望。"

释由静静地听完，问，"你还是那么喜欢他吗？"

"不了，早就不了，只是觉得他这样算什么，把我当成爱幻想的小女生，真讨厌。"

他轻声笑，"真的啊？"

"当然是真的，释由，你什么时候回来？"

"我不知道。"

"真糊涂啊。"

"我明天就要死了。"

"是吗？那你会变成天使还是魔鬼？"

"你喜欢哪一个呢？"

"魔鬼，魔鬼多酷啊。"

"好的，那就魔鬼。"

"不不不，释由应该做天使，天使才是最美的。"

"好吧，"他笑，笑声很迷人，"只要你希望。"

然后，我们再度陷入沉默。

手机贴得我耳朵发烫，灼人的温度一点一点侵蚀了我的意识，他什么也没再说，挂断了电话，留给我一片忙音。我放下手机，一滴眼泪掉在了手背上。

七

那个女生来找我，就是那天在教室外拉着释由，然后哭泣的女生。

彼时我已经很长一段时间联系不上释由，那个女生说自己是他的表妹，受他委托带给我一样东西——释由的吉他。

我小心翼翼地向她打听释由的近况，她已不像当初那样哭得狼狈，只轻描淡写道，"死了，上个月走的。从小身体就弱，一直不见好转。"

我记起释由曾说过的话——小睿，你看，看到了吗？我很羡慕你那么有活力的样子。

我满腹心事地喃喃道，"原来是这样，原来是这样……"

她说，"表哥告诉我，出国之前那段日子，是他最快乐的时光。"

我不住地摇头，"真的吗？真的吗……"我抱住那把吉他，用手指拨了一下弦，吉他发出清脆的声音。她目光闪烁着，不停地答，"是啊，是啊……"

我们就维持了这样神经质的对话很久。

原来释由真的变成天使，飞走了……

9号男孩

祝渼之

　　如果一定要用词语去形容你的话，也不过是"干净"、"很有气质"这一类而已。

　　把时间往回拨一点，拨到我第一次见到9号球衣的时候。

　　对，是下午，有阳光，有微风，在图书馆的楼顶上。靠着墙壁用一只手挡着风点烟的你和在楼顶另一侧被一个隔板挡住的我。画面，定格——你像做贼一样四处扫描了一下，然后从裤子的口袋掏出烟和打火机。我在心里"切"了一下，原来是偷偷翘课跑来抽烟的学生。可是接下来你的动作，很突然地刺痛了我——你用一侧肩膀抵着墙壁，左腿微屈，用一只手挡着风点烟。不知道为什么，这个动作里，让我看到了无限的落寞和孤单。于是，我一下子就记住了——记住了那个动作，也记住了你。

　　我开始有意无意地打听关于你的点点滴滴。在你踢足球的时候，我趴在栏杆上装做漫不经心地问身边的人，那个人是谁啊？那个人怎么怎么样啊？但是我从来没有问到过你的名字。身边知道你的人都叫你——9号。

　　你穿9号球衣，右手腕上戴着阿迪王的蓝色护腕，白色球鞋一尘不染。应该是极其爱干净的人。

　　你总是独自坐在靠窗的座位，没有同桌。人缘不差，总有一群人下课围绕在你身边，应该是善于交谈但喜欢安静的人。

　　你总是在课堂上睡觉，但是成绩一直都比较好，应该是很聪明的人。

　　你总是戴着橘色棒球帽站在108路公交车上，即使有空位也不坐。在第四站下车。耳朵里塞着耳机，脚总在地上轻轻地打着节拍。

　　你随身带着纸巾，是绿色袋子的薄荷味"心相印"，应该是心思缜密且绅士的人……

我们学校常常在十月开秋季运动会。因为我的好朋友歌空是学生会艺体部部长，所以我很容易就查出来你是不是报了项目。你报的项目真是让我咋舌——铅球、铁饼、4×400米接力。我对歌空说，我想当志愿者。歌空看着我，不可思议地摸摸我的脑袋，"彤毕，你这次怎么积极了？"我心虚地说："啊，这不是高中时期最后一次运动会了嘛。"歌空递给我一张表，"甭解释了你，你的小九九我还不晓得，等开完运动会再审你。"

所谓志愿者就是帮忙抬运动器械，统计成绩，给运动员分发水，简单地说就是杂工，我却干得不亦乐乎，只是因为——有你参加。

在4×400米比赛的时候，我和别人换了一下工作，去干了成绩统计的差事。你跑第一棒。我站在跑道旁边拿着统计本看着你站在跑道上做准备的样子。人群里有女生喊，"9号，加油噢！"然后周围就开始有人起哄，"啊啊啊，你个叛徒啊，不帮咱们班加油，帮别的班啊！"然后是肆意的笑声。你也在那一片蔓延着的笑声里，笑得风轻云淡。我搓着自己的手，始终不好意思对你说一声加油。

你在临近终点的时候意外摔倒了，左腿渗出大片的鲜血。你们班的同学涌过去扶起你，你满脸的懊恼和沮丧。你摇摇晃晃地来到了跑道边，皱着眉头用卫生纸裹住小腿一直流血的地方，可是血还是在不停地往外浸。

我从口袋里掏出纸巾，拍了拍你的肩膀努力镇定地说，"同学，你的腿还在流血。"你转过头怔怔地看着我，几秒钟之后才笑了笑接过我手里的纸巾，薄薄的嘴唇淡淡地吐出"谢谢"两个字。还好，最后你们班的成绩还是不错的——集体第三名。知道成绩之后，你快活得像是没有受伤一样走回自己的班级。你周围的人包括我自己全都可以当边框模糊掉，只有你倔强的背影久久地萦绕在我的视网膜上不肯消散。

星期三下午我去饭堂的时候，恰巧跟在你的身后。当你要进门的时候，我替你撩了一下门帘，你转过头，笑着对我说，"谢谢你噢。"我低着头，脸颊突然就开始发烫。抬头之后看见的便是你抱着饭盒一瘸一拐走进饭堂的背影。我因为你的一句礼貌性的谢谢，独自兴奋了很久，吃饭都吃得有点心不在焉。

吃完饭走出饭堂，又看见你。你跟你的朋友一起，两个人举着一把伞，由于你的腿伤还没有好，所以你搂着他的肩膀才可以行走。我跟在你的身后，看着你不很稳当的步伐，狠狠地想：要是你没有和你朋友一起走多好，那么我刚刚出饭堂肯定就可以遇到你，然后乖巧地说，同学你没打伞吧，我们一起走吧。

女孩子似乎总是守不住秘密的，这其中也包括了我。

你们班有一节体育课因为老师有事需要换课，所以是和我们班一起上的。那一次，我的眼神不小心把自己心底埋藏了很久的小秘密泄露了出去。

我和歌空坐在草坪上聊天，你在操场上风风火火地踢足球。自从看见你的9号球衣的那一瞬间，我的眼睛就开始追随着你的身影。歌空捅了捅我的胳膊，"喂，苏彤毕，你有没有听我说话啊？"我很久才反应过来，"啊？什么啊，我没听清楚。"歌空鬼笑着问我，"快点交代，上次参加运动会，这次心不在焉，到底在看谁？"我慌忙说，"哎，咱俩去那边跳绳吧。"歌空捏着我的胳膊不放开，"苏彤毕啊，你还不交代吗？"然后她就伸出手搔我的痒痒。我滚在草地上大笑着说，"痒死啦，痒死啦，我说还不行嘛！"歌空放开我，用眼神示意我要老实交代。

我看着天上苍茫散开的白云告诉歌空，我是怎么遇到9号男孩以及我怎么用的小心思。歌空听了之后，揉着我的脸笑我痴笑我傻，竟然喜欢上一个陌生男生寂寞的模样。我不说话，只是拉着歌空在草地上一圈一圈地旋转。

这一季，9号男孩的寂寞，歌空的胡闹，还有我不知道到底是怎样心情的暗恋，变成了生活的主色调。我依旧在下午翘课去图书馆楼顶上看书，希望会再一次遇到有着寂寞姿势的9号男孩。只是从那以后，我就再也没有在那里见到过他。

东风不破，时光未央

南 枫

毕业了，我们一无所有

从很早开始就在期待毕业，因为不相信那句话"毕业了，我们一无所有"，可是当校长宣布我们毕业的时候，我竟有一种荒芜的感觉。

没有欢笑，没有眼泪，没有怀念，没有叹息，甚至连再见都没有，就这样各自走天涯。

我收拾东西将要离开的时候，有几个平日里话都没怎么说过的男生走到我的课桌前塞一张纸条给我，然后以最快的速度逃离现场。上面都有一句相同的话：南枫，我喜欢你。

我突然觉得很凄凉，他们还可以选择告白，可是我该怎么办，我连跟张晓晨告别的理由都没有，那个我喜欢了整整3年的人。于是我把纸条揉成团，扔进垃圾箱。在毕业时选择告白是最愚蠢的事情。

在我转身的时候看到宁安漂亮的脸蛋，她的眼睛里充满了盐度很高的液体：南枫，对不起，真的很对不起，伤害了你和晓晨，我自己也是伤痕累累。但还是希望你能原谅我，如果真的无法原谅，那就请你忘记我，总之不要再让自己难过。

我点点头：我不会忘记你，但我会原谅你。还有谢谢有你陪伴的日子。

我很惊讶自己的举动，竟然可以这么平静地面对宁安给我带来的伤害，可以微笑着跟她告别。虽然可以原谅她，但是没有办法面对她，尤其是她的眼泪，以前我会为了她的眼泪奋不顾身，现在只想离开。于是我抱着书本和画夹走出教室。

在楼梯转角的地方碰到了张晓晨，我觉得老天很对不起我，我已经很努

160

力地想要避开张晓晨，所以才选择最偏僻的楼道。

　　和张晓晨四目相对的那一刹那我以为我又回到了从前，回到了被遗忘的幸福里。几秒钟后我又清醒过来，我和他早就没有了从前，也没有了将来。

　　我转身向反方向走去，张晓晨一把拉住我的手腕，书和画稿散了一地。看着被风吹走的画稿，眼泪夺眶而出，是不是我连仅有的回忆都不可以拥有？那些画稿是我和张晓晨一起完成的，现在却被风吹走了。

　　张晓晨握着我的手不放，"请你一定要幸福。"他望着我，眼睛里是满满的温柔和无边无际的忧伤，像飘零的樱花。

　　看着他忧伤的脸庞，我心里的痛漂洋过海。眼前的这个人真的是从前的张晓晨吗？真的是那个可以让我为他的微笑义无反顾的张晓晨吗？我想应该不是吧，在很久以前我就失去了那个叫张晓晨的人。

　　我说了一句"好的"，便转身离开了，书和画稿依旧躺在地上。既然连最初的都带不走，这些东西也是多余的。

　　毕业了，我真的一无所有，失去了宁安，失去了张晓晨，失去了画稿，失去了若隐若现的旧时光。

　　饶雪漫曾经写过这样一句话：我们就是这样苍老的，从时光的一头辗转到另一头。请别说再见，不需要说再见，以往是给彼此最好的记忆。

　　所以，我没有和任何人说再见。

东风吹过的日子

　　夏天的风把记忆吹得支离破碎，我想不管过多久，不管怎样受伤害，我都会想念当初那些阳光般透明的日子，梦里有晓晨和宁安的笑脸。东风吹不破天空的胸膛，秋雨带不走旧时光的味道。

　　高一的时候我开始注意自己的形象，因为我怕经过晓晨身边时会给他留下不好的印象。他那么干净儒雅，像漫画里高贵的王子，我不希望自己被一个王子讨厌。其实我只是无数个暗恋他的人中的一个。

　　我不知道为什么晓晨总是对我很好，我一直以为他是个冷漠且高傲的人。事实上他的确是个冷漠的人，他不和班里同学讲话也不参加班里的活动，通常只是一个人坐在窗边静静地看着天空，眼睛里有一层怎么也洗不掉的忧愁。

同学们都在议论为什么晓晨会对我这样一个什么都不出众的女孩子那么温柔那么体贴。真的，他对我很好，甚至有一点宠我。我生病时他急着跑到医务室给我买药，我忘记带早餐时他把自己的那份给我，我上课打瞌睡时他从不打扰我，只是安安静静地做两份笔记，他的口袋里总是带着"OK绷"，因为我削画笔时常常割破手指。我觉得我是这个世界上最幸福的丑小鸭。可是晓晨从没说过一句喜欢我之类的话，只是一如既往地对我好。

宁安也喜欢晓晨，很喜欢很喜欢的那种。我有时候会想，我和宁安到底谁更喜欢晓晨多一点。

宁安是我们学校最漂亮的女生，长得特像刘亦菲，喜欢她的人可以把清水河填平，可是宁安只喜欢晓晨。我想肯定是上帝在打瞌睡，只有公主宁安才能和王子晓晨站在一起，可是上帝却把我牵到晓晨身边，让我享受他给的温暖和幸福。

我曾经以为我的幸福会像天堂槿一样不会变老也不会消失，因为我找到了四片叶子的三叶草。

三个人的烟火

高二那年，宁安不再接受其他男生的礼物，她开始穿很素净的衣服，她开始刻意接近晓晨。她会问我很多问题，比如说晓晨喜欢什么样的女生，喜欢什么样的香水，喜欢什么口味的蛋糕。

我摇摇头一脸茫然，我真的对晓晨一无所知，做了一年的同桌我才发现我对晓晨一点都不了解，因为我和他都习惯了沉默。我心安理得地接受他的好意，却从来不敢开口问他的喜好，我怕自己卑微的情感会一不小心暴露在干烈的空气中。我想只要在心里偷偷地喜欢他就好。我和晓晨只能是朋友，我这样告诉自己。

宁安说她要追张晓晨，让我帮她。虽然我的心里很忧伤，但还是把忧伤丢在一旁帮宁安，心就像飞蛾扑火一样壮烈地死去。

宁安是我最好的朋友，我要帮她，要不计代价心无旁骛地帮她。何况我和晓晨只是朋友呢。

我告诉晓晨宁安如何如何优秀，如何如何可爱，并且我不再接他递过来的画笔，说我已经削好了两支，上课我撑死了也不睡觉，这样，他就没有理由帮我抄笔记了。我想尽办法拒绝晓晨的好意，想尽办法撮合他和宁安。

虽然心会很痛，但是我想咬咬牙也就挺过去了。

在我第N次拒绝晓晨的帮助后，他面无表情地对我说他已经有喜欢的人了，让我不要再玩这种无聊的游戏。我看到他眼里的悲哀像大雪一样漫天飞扬，没有尽头。我突然觉得好难过，我拼命想要他开心，可是他总是那么忧伤。

我哭着对他吼，"你这个混蛋，宁安那么漂亮那么喜欢你，你也应该喜欢她！"晓晨伸出手擦掉我的眼泪，一脸心痛的表情。

很久以后才明白三叶草的第四片叶子其实与幸福无关……

悲伤的秋千

后来，宁安和晓晨在交往的八卦遍地开花。我哭着笑了，我的疼痛成全了宁安的幸福，我真伟大！

再后来，我以最孤单的姿势踏上高三的旅程。我向老师申请坐到最后一排，老师犹豫着点点头。从此，我和晓晨隔了无数个天涯海角。

上课的时候我不经意间抬头触碰到晓晨忧伤的眼神，心就会隐隐地疼，于是我决定上课下课都不要抬头看前方。我告诉自己，高三了，我要埋头苦干。

我以为这样做就可以远离晓晨和宁安的世界，不去打扰他们。可是晓晨每天都会把抄好的笔记放进我的课桌，悄无声息。偶尔还会有削好的画笔和面包。我还是生活在晓晨盖好的温室里，无法游离。

体育课我没去上，趴在笔记本上哭，泪水模糊了晓晨漂亮的字迹，洇成一片伤心。我看见窗外晓晨寂寞的背影，他依旧是那样静静地望着天空，宁安牵着晓晨的手坐在他身旁。我很想问问晓晨，为什么他总是那么忧伤，就

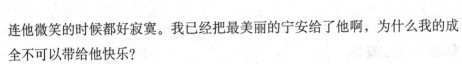

连他微笑的时候都好寂寞。我已经把最美丽的宁安给了他啊，为什么我的成全不可以带给他快乐？

高三的日子像晚清的银子一样哗哗地流失着，洗尽了繁华的旧时光，淹没了晓晨的忧伤、宁安的光芒以及我的伤疤。模拟考试我停在年级排名二十内兵马不前，晓晨却噌噌几下就蹿到校三甲。看着他飞涨的分数，我笑得又喜庆又苍凉，我和他的距离又拉远了，他应该会去北大吧，会去那个我向往了12年有紫禁城有胡同的城市。

其实我和晓晨之间没有故事也没有结局。反正只要他和宁安幸福，我什么都无所谓。

毕业后我们就散落天涯，不会再见面。很想快点结束我悲喜交加的高中生活，想快点逃离晓晨和宁安的世界，不再看他们牵手的样子。

破碎的旧时光

高考踱着优雅的步子来了，快要开考的时候晓晨从一楼跑到五楼对我说：不要紧张，你一定可以考得很出色，我在北京等你！我看着他转身离开的背影哭了。我会尽力考得很出色，但我不想去北京了。北京可以有晓晨，可以有宁安，但是不应该有南枫。

填报志愿的时候晓晨和宁安问我填哪所学校，我摇摇头说不知道。后来晓晨填了北大，而宁安却填了吉林的一所大学。我以为她会和晓晨一起去北京，我以为他们的感情会像天堂槿一样盘根错节不离不弃，像我期待的那样。

我填的是中山大学，那里一年四季没有冬天，阳光很明媚。晓晨看到我的志愿草表时表情很落寞，像北京西山的枫叶。他说：我不去北京了，我去中大。我说如果你去中大我们就真的玩完了，我会把你当作陌生人。

"我只喜欢你一个人，我想和你在一起。"晓晨说这句话的时候像在恳求我。我的心里翻江倒海，我也很想和他在一起，想找回从前那些简单幸福的日子。但是他张晓晨永远都不属于我，我不能让宁安难过，4年前父母离异已经让她伤透了心，我不想让她再受到任何伤害。

"那是你的事，与我无关。"我头也没回，走得很潇洒，眼睛里却大雨滂沱。

心里空得像被贼洗劫过，回到家刚躺到床上就听到电话铃响，后来我想要是没有接这个电话，我的伤疤会不会好得快一点。

来电的是宁安，她是来向我坦白和忏悔的。她告诉我她用一个卑劣的谎言骗了晓晨也骗了我，而我是这个谎言的主角。一句话，宁安利用我欺骗晓晨，让晓晨和她交往。其实她从一开始就知道晓晨喜欢的是一个叫南枫的笨得脱节的女生。

我心里的痛排山倒海，为了宁安我放弃了自己的最爱，为了她我把自己弄得遍体鳞伤，结果她告诉我她对我撒了一个天大的谎。我宁愿她永远不告诉我真相，我宁愿她把这些故事全部埋葬，这样谁也不会成为谁的孽债，谁也不用背负过去的伤疤。

更让我心疼的是张晓晨，兜兜转转千百回为的只是一个毫无意义的谎言，为什么青春要背负如此沉痛的伤？

旧时光在记忆里晃荡晃荡，晃出一地的流质，一地的破碎。

请记得要幸福

谁在用琵琶弹奏一曲东风破
岁月在墙上剥落看见小时候
犹记得那年我们都还很年幼
而如今琴声幽幽我的等候你没听过

谁在用琵琶弹奏一曲东风破
枫叶将故事染色结局我看透
篱笆外的古道我牵着你走过
蔓草荒烟的年头就连分手都很沉默

杰伦那么忧伤地唱着，歌声淋湿了好多人的心。

毕业时我们还是朋友，毕业后我们就成了陌生人。我看到校园里的天堂槿在流泪，叶子飘啊飘没有尽头，它的眼泪带走了流离失所的过往。

　　张晓晨是我永远无法企及的天堂，宁安是我心里预存的一块伤疤。我们之间有故事没结局。

　　晓晨和宁安，请你们一定要幸福！

　　我会一个人过得很好！

和你有关的年少日记

韦好洁

2002年9月27日

我尽量踮起脚尖以有足够的高度来敲打你的窗子，你回头看到是我，很开心地笑了。接着你放下手中的笔合上习题集，两只手肘支着脑袋趴在教室的窗台上跟我说话。你像平常一样问我："怎么啦小不点儿？""我跟你说过很多次了，让你不要叫我小不点儿，你怎么总也记不住呢？"我微微有些生气，不过还是止不住兴奋地递给你手抄的诗句。

你接过纸来看，脸上温柔得一塌糊涂。你一定不知道你现在这个样子有多好看吧，我站在与你相距不到10厘米的地方，把你长长的睫毛、大大的眼睛、浓浓的眉毛、棱角分明的脸都看得清清楚楚、真真切切，然后心里竟有些醉了。大概这时有好多女生羡慕着我吧，我听兰溪说你们年级里有好多女孩子都喜欢你，都是真的，对吧？

我正这样胡思乱想着，你突然伸出手来刮我的鼻子，你的手指怎么总是这么冰凉呢？微微的，我的心里泛出好多心疼来。

你说13岁的小孩子思想怎么这么复杂？居然抄起这种诗来了。那是汪国真的诗《只要明天还在》。

我说我就是喜欢，你看多积极啊。然后问你喜不喜欢，原以为你会说不的，可是你却笑了，"很喜欢，只是字有点难看。"

我故作生气地从你手里一把抢过纸来，然后"咚咚"地跑下了楼。你真是个坏蛋，我为了要拿给你看，花了整整一天的时间来抄好这首诗啊，结果你却说我的字很难看。那又怎么样？如果你读初二，我读高二，你的字说不定比我的还难看一百倍呢！

2003年5月2日

我要告诉你一个小秘密，每周的星期天我都会换上最好看的裙子。不是我要出去玩，而是因为你要来我家和兰溪一起复习功课。

一大早的时候我就会起床把自己的房间收拾得干干净净、整整齐齐，我想让你看到一个成熟的我，而不是那个乱七八糟的小不点儿。偶尔我还会偷偷洒点妈妈抽屉里的香水，淡淡的玫瑰香，我们靠得很近的时候你一定闻到过对吧？好闻吗？我很喜欢。

8点左右你一定会骑着那辆蓝色的单车进入我们小区的公园里。你总是爱穿白色的衬衣，头发很精神的样子，一脸干净，明晃晃地像带着满身的阳光。今天你穿的是蓝色的衬衣，比起白色，蓝色把你的皮肤衬得更好看了。我不知道每次我躲在阳台上偷看你的时候你有没有发现过我，哈，那你一定不知道我每次都是躲在你送给我的那盆小盆景后面偷偷看你吧？

几分钟后你会敲响我家的门，我喜欢给你开门的瞬间闻到你身上清爽的气息。我妈妈会很热情地给你一杯橙汁，我知道她很喜欢你，不然也不会那么信任你和兰溪纯洁的朋友关系了。9点左右你和兰溪开始在小客厅里复习功课，妈妈不让我进来，说我会打扰你们，所以我只好偷偷在沙发后面边看电视边瞟你。偶尔你会回过头看到我，我总是对你吐吐舌头扮个鬼脸。

那么多时候我真羡慕兰溪，你们是那么好的朋友，在一个班级，晚自习后一起回家，有时我想干脆让你做我姐夫得了，那样我就可以天天跟你玩了。不过我知道你们只是很好的朋友而已。唉，我真想快点长大。

2004年8月24日

你给我买了好大的一堆东西来，有我最喜欢的巧克力、果冻、苹果以及好大的史努比布偶。你说你很快就要走了，要去北方的一个城市念大学。那个学校的名字我经常听你提起，我知道那是你一直梦想的名校。看着你那么开心地笑，我也很想为你开心，可是我一想到很快就要和你分别就怎么也笑

168

不出来。真的，一点也笑不出来。

你要走的时候，我把你送给我的戴了快一年的卡通头绳摘了下来，我取下史努比的可爱头像，然后用绳子系好拴在了你的钥匙扣里。我一边系绳子一边对你说，要把它保管好哦，这就代表了我，你把它带在身边就像我一直陪着你一样。你说那你会好好留着，永远也不弄丢。

听到你这么说，我的眼泪就快流出来了。我真舍不得和你分开啊，你一定也是舍不得我的对吧？不然怎么会在登上火车之前抱了我那么久呢？当时我就告诉自己一定要记住这一刻，那样才能在你不在的时候也能永远记得你的温暖。

我答应了你不哭的，可是后来回到家里我还是很伤心地哭了整整一天。我真傻，对吧？

2006年3月13日

这个春天开始的时候我终于坐到了你曾经坐过的位子上，感觉周围似乎还弥留着你的气息，这让我感觉很幸福。尽管我是那么希望能够在4年之前就坐在这个位子上，而不是四年后你已远去的现在。

第二节课下课的时候又收到了你给我寄来的一封信。每每这个时候，我会感觉你就在我身边，在相隔不到10厘米的地方一脸温柔地看着我微笑，然后伸出手来刮刮我的鼻子，手指还是那么冰凉。

你说那个挽着你手的女孩子叫林可，是你刚交的女朋友。我的笑容一下子凝固在了脸上，脑子里"嗡"的一下全乱了，手里的相片滑落到了地上，似乎已经不能再呼吸。突然感觉我就要失去你了，这让我感到很恐慌，似乎天都要塌下来了。

我的同桌捡起了那张相片，她说，哇，好漂亮啊。于是大家都围过来看，并且不住地发出啧啧的赞叹。他们问我，"童童，这是你哥哥吗？好帅啊！……那个姐姐好漂亮……他们可真般配啊。"

我发疯似的抓过相片，拼命地揉拼命地揉，然后一把扔进了垃圾桶里。大家都吓呆了，说童童你怎么啦？就像五年前，我来你们班找兰溪，结果却摔倒在操场的角落里，你过来扶起我时问我的话一样，小不点儿，你怎么了？

可是现在你有林可了，兰溪打电话来说你很喜欢林可，然后我就又哭了。兰溪一下子慌了，她说童童你怎么了？你怎么哭了？你不要哭啊！我说姐姐，他不要我了对不对？他都有林可了，一定不会再对我好了，对不对？

2007年2月17日

他们都说童童越来越漂亮了，我不知道是不是真的，可我还是很想让你看到，看到现在的童童已经长大了，有了很多喜欢童童的男孩子，童童也可以长得像林可那么好看了。

终于等到我17岁的生日，而你已经毕业一年了。你专程请假从北京回来陪我过生日，我真开心啊。你给我买了好大的蛋糕，满满地插上17根蜡烛，烛光中你说，童童你长大了。这么多年来你第一次叫我童童而不是小不点，你一定不知道我等这天等了好久好久了吧？

我说长大了又怎么样呢？你说长大了可以做很多喜欢的事啊，比如买自己喜欢的衣服，吃自己喜欢的东西，交喜欢的朋友，和喜欢的人在一起……

我打断你的话，很急切地问：那我可以喜欢你吗？我很认真地看着你，无比热切地等待你的答复，可是你惊愕的样子让我很是担忧。过了好久，你才终于缓缓地开口：童童，在我的眼里你永远是那个摔倒在角落里哭泣的小孩子。

我推掉蛋糕大哭了起来。你站在那里手足无措……

2008年3月25日

我报考了你的学校，并且很顺利地被录取了。我很费力才找到了你曾经坐过的位子，可是你听课的地方很多，我每次都要跑好远的路去修你修过的课程，这时我总是很幸福，一如高中时的感觉。

我始终追赶不上你……可是小不点儿也会长大，总有一天，就像你写信告诉我的一样，我会遇到属于自己的真正的幸福。你知不知道我现在多么感谢你，有你参与过的我的青春是那样美丽，感谢你参与了我的成长。

第六部分

且行且歌

我有一个梦

有一天世界的每一寸土地

都有希望在流淌

每一条河流上的每一个流动的生命

都充满阳光和希望

每个人都会很幸福地说一声

我爱这世界

——季义锋《我有一个梦》

向日葵与太阳

流　年

有人说
向日葵是太阳的娃娃
单纯得只奔向妈妈

有人说
太阳是向日葵的爸爸
把女儿的脸吻得金黄

有人说
向日葵是太阳的妹妹
总向姐姐要糖吃

我说
向日葵和太阳是我的方向
是温暖心灵的希望

我从哪里来

郑林敏

席卷一身风尘
泗水而渡
弄皱一池湖水
那泛起的层层涟漪
是我对你回荡不绝的思念

那夜　雨如注
风叹息着吟唱过几世情愁
我撑一把伞
徜徉在等过你千年的古巷
那寂寞潮湿的红灯笼
照不亮我对你如火如荼的思念

末春　谁的脸映红了桃花
惊起一片葳蕤
你来了
带走一袖暗香
却看不尽满树为你而开的繁华
满树因你而生的思念

我有一个梦

季义锋

我有一个梦
把天空的蔚蓝
蘸满每个孩子的眼睛
把阳光
泼洒在彼此微笑的脸上

我有一个梦
把爱塞入每一丝空气的缝隙
让鸟儿习惯歌唱
花儿总向太阳

我有一个梦
有一天世界的每一寸土地
都有希望在流淌
每一条河流上的每一个流动的生命
都充满阳光和希望
每个人都会很幸福地说一声
我爱这世界

错 过

王梦涵

人生，总有太多的错过和遗憾
然而却因错过与抉择纵横交织
我们的生活才斑斓多味

浪花拍击礁石，我错过了震撼
飞蛾破茧而出，我错过了练就
我若是江南采莲的女子
便错过了皓腕下最美的一朵
我若是小说里悲情的主人公
便因阻隔的视线与你擦肩而过

错过昨夜璀璨的星辰
那么，请别错过明日绚烂的晨曦
因为，不是所有的愿望都来得及实现
不是所有的错过都会重演
小小的错过
愿它不会阻碍你前进的步伐
反更照亮了前方的旅程
珍惜拥有，把握机遇
不让错过酝酿过错的人生

我从不去想

郭桂荣

我从不去想
上苍会有什么奇迹
降临在我身上
既然选择了拼搏
就选择了风雨
哪怕会有坎坷万种
在未来的路上

我从不去想
自己的未来有多么辉煌
既然选择了蓝天
就选择了飞翔
哪怕有一天会有双
滴血的翅膀

我从不去想
内心自信会有多大
既然选择了生存
就选择了奋斗
哪怕自己用疲倦的双手
在抚摸失落的心

我从不去想

面对苦难自己会多么坚强
既然选择了面对
就选择了疼痛
哪怕镜中影射的
是自己流泪的目光

我从不去想
我也不会去想
只要有拼搏在
只要有奋斗在
我定会奋力前行
就已足够
还有什么好去想

生命之歌（三首）

汪凌晗

月下独访

晶莹的月

轻轻地迈向宇宙的顶峰

暖暖的星

在视野中点缀

那柔柔的风

轻吻着我的额头

拥紧我那澄澈而又欣喜的心灵

那洁白如雪的光亮

抚慰着大地的每一个精灵

让清澈的湖水

也羞羞地泛起了微笑

让快乐的虫儿

用歌声赞美着可爱的生命

让夜航的生灵

撒下自由烂漫的种子

云端里

倾洒下的寂静与和谐，欢乐与美丽

独自的我，寂寞也曾遗忘

用想象勾勒着清幽

用圣洁填补起心灵

春　草

是哪位画家
酒后的潇洒
泼给你无边的墨绿
让荒色的原野，顿时
着上了春天的嗅迹
点点的蝴蝶
也应邀而来
用梦幻的舞蹈
编织五彩的花环
天涯的淡蓝
海角的乳白
在勾勒着神秘的心愿
是你的祈祷
感化了上天
让神灵赐予我们生存的自然——
你久居的家园。

蝶　恋　花

蝴蝶恋着花群
在丛间轻轻地飞舞
带着欣然的问候
捧去一掬清凉
那炫舞的张扬

与云朵含情向往

忧愁的春水

把凉风携上

顾不得带上翅膀

便在丛间清唱

远处那一丝残光

够把心儿染亮

几多逝去的春光

又回首天堂

一片柔柔的缠情

在天空散漫

不知海边的鲛人

有没有泼洒梦想

把白珠挥向花丛

蝴蝶把它缀上

蝴蝶恋着花瓣

飘飞着轻吻梦想

带着欣然的问候

守候一方天堂

"90后"小孩

程洁莹

风儿轻轻走来

阳光暖暖满载

校道的那棵绿槐

枝叶微微摇摆

曾想拨开青春的阴霾

心里装满了等待

为何"90后"的小孩

都喜欢坐在高高的天台

看那蓝天白云飞鸟掠过七彩

花儿略施粉黛

雨露点点铺开

校道的那棵绿槐

已是满树花开

树下那女孩的可爱

羞红了脸颊填满欢怠

为何"90后"的小孩

都喜欢坐在高高的天台

叹那落花满地眼里写满无奈

孩子，不要发呆

孩子，禁止使坏

校道的那棵绿槐

树干趋向年迈
绿叶繁茂不再
费力摆动着欢快的节拍
为何"90后"的小孩
都喜欢坐在高高的天台
盼那疲惫远去让心畅游蔚海